AF361056

BULLETIN PÉRIODIQUE DES LIVRES NOUVEAUX

qui renseigne sur tous les ouvrages remarquables parus dans le trimestre écoulé (Littérature, Arts, Sciences, Métiers et Distractions).

15 Février 1923

Édité par la

LIBRAIRIE STOCK

Delamain, Boutelleau et Cie, Paris

155, rue St-Honoré (Place du Théâtre-Français)

LIBRAIRIE PLON

Jacques BOULENGER

LES ROMANS DE LA TABLE RONDE

*

L'HISTOIRE DE MERLIN L'ENCHANTEUR

Préface de Joseph Bédier, *de l'Académie française.*

Un volume in-16 . . . . **7 fr.** »

Jean SARMENT

JEAN JACQUES DE NANTES

Roman en un volume in-16 . . . . **7 fr.** »

Élissa RHAIS

LA FILLE DES PACHAS

Roman en un volume in-16 . . . . **7 fr.** »

Th. DOSTOIEVSKY

LA CONFESSION DE STAVROGUINE

Complété par une partie inédite du « JOURNAL D'UN ÉCRIVAIN »
Traduit du russe et annoté par E. Halpérine-Kaminsky.

Un volume in-16 . . . . **7 fr.** »

Antone TCHEKHOV

LES MOUJIKS

Traduit du russe par Denis Roche (*seule traduction autorisée par l'auteur*). *T. II des œuvres complètes d'*Antone Tchekhov *dans la Collection d'auteurs étrangers publiée sous la direction de* Charles Du Bos.

Nouvelle en un volume in-16 . . . . **7 fr.** »

Maurice BARRÈS, de l'Académie française.

LE VOYAGE DE SPARTE

Nouvelle édition. — Un volume in-16 . . . . **7 fr.** »

Jacques CHEVALIER, Professeur à l'Université de Grenoble.

LES MAITRES DE LA PENSÉE FRANÇAISE

PASCAL

Un volume in-8° . . . . **9 fr.** »

SOUVENIRS DE LA PRINCESSE PAULINE DE METTERNICH

(1859-1871)

Préface et notes de Marcel Dunan, *agrégé de l'Université.*

Un volume in-16 avec deux portraits . . . . **7 fr.** »

Maurice PALÉOLOGUE, ancien Ambassadeur de France.

LA RUSSIE DES TSARS PENDANT LA GRANDE GUERRE

TOME III (19 août 1916-17 mai 1917)

Un volume in-8° avec trois planches et quatre reproductions en noir d'aquarelles de G. Loukomsky. . . . . **15 fr.** »

Docteur BRINCKMEYER

L'ÉVOLUTION ÉCONOMIQUE DE L'ALLEMAGNE

HUGO STINNES

Traduit de l'allemand et augmenté de nombreux documents par M. V. Marcano, *avec une préface de* M. Georges Blondel, *professeur au Collège de France.*

Un volume in-16 avec un portrait d'Hugo Stinnes, d'après un document fourni par lui . . . . **5 fr.** »

Imprimeurs-Éditeurs PLON-NOURRIT & Cie, 8, rue Garancière. PARIS

BULLETIN PÉRIODIQUE DES LIVRES NOUVEAUX

REVUE BIBLIOGRAPHIQUE TRIMESTRIELLE, *Directeur-gérant*, J.-S. DELA-MAIN. — *Administration et Rédaction* : LIBRAIRIE STOCK, 155, rue Saint-Honoré. — *Abonn. un an :* FRANCE, 1 fr. ; ETRANGER, 1 fr. 50. — On envoie un numéro spécimen gratuit sur demande.

I. ROMANS ET NOUVELLES. — II. POÉSIE. — III. ESSAIS ET MÉLANGES, CRITIQUE. — IV. THÉATRE. — V. PHILOSOPHIE, SOCIOLOGIE, MORALE, RELIGION. — VI. ART. — VII. HISTOIRE, MÉMOIRES. — VIII. GÉOGRAPHIE, VOYAGES. — IX. SCIENCES MATHÉMATIQUES, PHYSIQUES ET NATURELLES. — X. SCIENCES SOCIALES ET POLITIQUES, DROIT. — XI. TECHNIQUE, SCIENCES APPLIQUÉES, INDUSTRIE, COMMERCE, AGRICULTURE. — XII. HYGIÈNE, SPORTS, UTILITÉ PRATIQUE. — XIII. VULGARISATION. — XIV. OUVRAGES DE LUXE. — XV. ENSEIGNEMENT ET LIVRES DE CLASSE — XVI. OUVRAGES POUR LA JEUNESSE.

Au commencement de la troisième année d'existence de la présente Revue bibliographique, la rédaction se croit autorisée à rappeler les principes qui l'ont inspirée et le succès qui a récompensé ses efforts. *Évitant toute publicité déguisée, toute intention personnelle ou cénaculaire, politique ou confessionnelle, toute critique prétentieuse, le BULLETIN PÉRIODIQUE veut simplement être un organe UTILE, en donnant du mouvement de la Librairie Française un tableau ordonné, concis et commode.* Le succès de cette formule a été immédiat : les lecteurs sont venus spontanément par dizaines de milliers (quinze mille nouvelles demandes en 1922), tant de Paris même que des départements, des colonies et de l'étranger. Ils peuvent constater et ils témoignent tous les jours que la collection de nos numéros est une source unique qu'on a mainte fois réclamée en vain d'institutions officielles ou professionnelles trop lentes à l'action. Et ce n'a pas été le moindre des signes de notre réussite que notre initiative ait bientôt déclanché un mouvement d'imitation dont nous nous félicitons. Le but à atteindre, en effet, est qu'*on lise en France toujours davantage les ouvrages d'un vrai mérite.*

La rédaction continuera son travail comme par le passé, en *examinant directement tout ouvrage publié,* en *éliminant sans pitié les productions parasitaires* et en *donnant de brèves descriptions ou analyses des livres dignes d'être signalés,* enfin en *répondant à toute demande de renseignement.* Elle remercie ses correspondants de leur accueil chaleureux et sollicite leurs conseils.

Comme à la fin de la première année, nous tenons à rappeler à nos lecteurs les œuvres particulièrement importantes parues en 1922 et qui devraient figurer dans la bibliothèque de tout amateur de bonnes lettres.

PARMI LES ROMANS ET NOUVELLES, ce sont : *Les Thibault* (*Le Cahier Gris* et *Le Pénitencier*), de Roger Martin du Gard ; *Aimée*, de Jacques Rivière ; *Le Baiser au Lépreux*, de François Mauriac ; *La Maison de Claudine*, de Colette ; *Ouvert la Nuit*, de Paul Morand ; *Les Profondeurs de la Mer*, d'Edmond Jaloux ; *L'appel de la Route*, d'Edmond Estaunié ; *Les Discours du Colonel O'Grady*, d'André Maurois ; *Silbermann*, de Jacques de Lacretelle. TRADUCTIONS : de l'anglais : *En Marge des Marées* et *Lord Jim*, de Conrad, *Le Maire de Casterbridge*, de Th. Hardy, *Jeanne et Pierre*, de H.-G. Wells, *La Vie et l'Habitude*, de Samuel Butler. — Du russe : *Dimitri Roudine*, de I. Tourgueneff, le *Village*, d'I. Boudine. — Du danois : *Contes d'Andersen*, traduct. Leyssac. — De l'allemand : *Sujet*, d'Henri Mann. — De l'italien : *La Vie de Benvenuto Cellini*, par lui-même.

DANS LES AUTRES GENRES, une œuvre qui se classe absolument à part : *La Nef*, d'Elémir Bourges ; *Le Journal de Marie Lenéru* ; *Lettres à sa Fiancée*, de Léon Bloy ; *Un Nouvel Honneur*, de Pierre Hamp ; *Mémoires de ma vie morte*, de Georges Moore ; *Approximations*, de Ch. du Bos. — POÉSIE : *Charmes*, de Paul Valéry. — THÉATRE : *L'Avocat*, de Brieux ; *Terre Inhumaine*, de François de Curel ; *Les Grands Garçons*, de Paul Géraldy. — LES OUVRAGES PHILOSO-PHIQUES ET SCIENTIFIQUES ont été nombreux et l'on peut citer : *Durée et Simultanéité*, d'Henry Bergson ; *L'Organisation de la Matière*, de Jean Nageotte. Enfin, il convient de signaler d'excellents ouvrages d'HISTOIRE : (*Histoire de la Nation Française*, de Gab. Hanotaux ; *Le Journal de Lee Meriwether* ; *Histoire Politique*, de R. Poincaré ; *La Russie des Tsars pendant la Grande Guerre*, de M. Paléologue) ; de VULGARISATION : (Le *Larousse Universel*, la *Collection Payot*, la *Bibliothèque des Merveilles* ; la *Bibliothèque Sociale des Métiers*) ; et de très belles ÉDITIONS D'ART. — LES PRINCIPAUX PRIX LITTÉRAIRES de l'année ont été ainsi décernés : PRIX DE L'ACADÉMIE FRANÇAISE : LITTÉRATURE : Pierre Lasserre. (Philosophie du Goût Musical. Les Chapelles Littéraires. La Promenade Insolite). ROMAN : Francis Carco : *L'Homme Traqué*. PRIX LASSERRE : Élémir Bourges (*La Nef*, *Le Crépuscule des Dieux*, roman ; *Les Oiseaux s'envolent, les Fleurs tombent*). PRIX GONCOURT : *Le Vitriol de Lune* et *Le Martyre de l'Obèse*, d'Henri Béraud ; PRIX FEMINA-VIE HEUREUSE : *Silbermann*, de Jacques de Lacretelle ; PRIX NORTHCLIFF : *L'Épithalame*, de Jacques Chardonne. — PRIX NATIONAL DE POÉSIE (Bourse de Voyage) : *La Victoire de l'Homme*, de Delacour. Enfin l'année littéraire a été marquée par la mort d'un des écrivains les plus singuliers et les plus importants de notre époque, Marcel Proust, dont nous rappellerons les œuvres principales : I. *Du côté de chez Swann*, 2 vol. II. *A l'Ombre des Jeunes Filles en Fleurs* (Prix Goncourt 1919), 2 vol. III. *Le Côté de Guermantes*, I, 1 vol. IV. *Le Côté de Guermantes*, II. *Sodome et Gomorrhe*, I, 1 vol. V. *Sodome et Gomorrhe*, II, 3 vol.

I. ROMANS ET NOUVELLES

Jacques RIVIÈRE. — AIMÉE. 1 vol. (6 fr. 75).

Minutieux, profond, sobre, parfait roman, qu'il faut placer très haut dans la lignée d'*Adolphe* et parmi les plus belles confessions d'amour. Un jeune homme timide, toujours frémissant et troublé poursuit la femme de son meilleur ami, redoute de l'atteindre et déchaîne autour d'elle un orage muet, inutilisé, mais qui creuse sa nature intime d'intellectuel scrupuleux et tendre.

Pierre MILLE. — MONSIEUR BARBE-BLEUE ET MADAME. 1 vol. (10 fr.).

Le meilleur recueil de contes qui ait paru depuis plusieurs années. Sous la perfection de l'arrangement brûle ici une flamme nouvelle, un peu trouble, très émouvante; un frisson d'Edgar Poë traversant une âme latine. Il y a là un accord nouveau, une harmonie légèrement inquiétante, et plus délicieuse d'inquiéter.

Henri BÉRAUD. — LE MARTYRE DE L'OBÈSE. 1 vol. (6 fr. 75).

Le prix Goncourt se donne à table. Il devait couronner un livre si appétissant. Henri Béraud essaie en vain de nous apitoyer sur le martyre de son obèse : son livre reste un livre très gai. La phrase, quelquefois négligée, mais joviale et épanouie, les qualités de cette très amusante pochade, annoncent un grand écrivain.

J.-H. ROSNY, *de l'Académie Goncourt*. — DANS LA NUIT DES CŒURS. 1 vol. (7 fr.).

Avec beaucoup de puissance et de talent, avec l'amour des êtres et des choses, l'auteur nous conduit parmi de nombreux personnages qui luttent contre la fatalité et subissent leur destin.

Marcelle TINAYRE. — PRISCILLE SÉVERAC. 1 vol. (6 fr. 75).

Une illuminée protestante se croit investie de la divine mission de rétablir sur son trône le tsar Nicolas II qu'elle sait vivant, et de hâter ainsi les derniers temps précurseurs du retour béni du Messie rédempteur.

Renée DUNAN. — LA TRIPLE CARESSE. 1 vol. (6 fr. 75).

Ce livre de femme est un livre très hardi et un roman d'aventure abondant, éperdu, délirant, une sorte de bacchanale anarchiste. Ce chaos est animé par une sensualité puissante, une sauvagerie presque sadique qui saisit par sa force et sa sincérité.

Emmanuel BOURCIER. — PAUL, MON FRÈRE. 1 vol. (7 fr.).

Deux frères aux fortunes diverses liés d'une amitié dramatique et touchante. Livre nouveau, curieux, mêlé de théories sociales.

Jeanne MAXIME-DAVID. — LA VICTOIRE DES DIEUX LARES. 1 vol. (6 fr. 75).

Une femme médiocre parvient par une patiente volonté à annihiler son mari, artiste indécis. Elle sacrifie l'enfant qu'il a eu précédemment d'un modèle, construit un foyer régulier et sans joie. Beaucoup de délicatesse vraie, de sensibilité discrète. Livre mélancolique et distingué.

André ARNYVELDE. — LE BACCHUS MUTILÉ. 1 vol. (6 fr. 75).

Un mécène optimiste organise scientifiquement le village qui avoisine son château en vue de la joie. Les machines seules travailleront. Mais il est mutilé dans un accident, son entourage est incapable de maintenir son œuvre qui sombre dans la perversion et le crime. Livre curieux et riche.

André BAILLON. — EN SABOTS. 1 vol. (6 fr. 75).

Suite de récits très réalistes et très vigoureux sur la campagne, la ferme, les bêtes, les gens, par un auteur « en sabots », dont on n'a pas oublié le dernier roman : *Histoire d'une Marie*, œuvre très remarquée que nous avons signalée dans notre Bull. n° 2 (épuisé).

Romain ROLLAND. — L'AME ENCHANTÉE. ANNETTE ET SYLVIE. 1 vol. (7 fr.).

Comme *Jean-Christophe*, cette œuvre comprendra une longue série de volumes. Elle s'ouvre par une étude de jeune fille moderne. On retrouve ici la tonalité alanguie d'Olivier. Cette *Ame enchantée* semble écrite en mineur. Elle est nerveuse tendue, musicale.

Alexandre ARNOUX. — ÉCOUTE S'IL PLEUT. 1 vol. (6 fr. 50).

Quatre récits curieux où l'auteur a voulu nous montrer « de préférence à des événements sans autre portée que l'individuelle, les conjonctions mystérieuses des âmes, et ces choses invisibles, et ces choses indicibles qui seules valent la peine d'être vues et méritent d'être contées ». On n'a pas oublié de M. A. Arnoux *Indice 33* et *La nuit de saint Barnabé*.

Claude ROGER-MARX. — LA TRAGÉDIE LÉGÈRE. 1 vol. (6 fr. 75).

Roman de guerre. Histoire d'une marraine qui a du cœur, de l'imagination et peu de volonté. Elle a eu deux fiancés, se marie deux fois et par sa légèreté souffre et fait souffrir. Beaucoup de charme et de finesse psychologique. Peut être lu par tous.

Albert LANTOINE. — L'AVEUGLE AUX COLOMBES. 1 vol. de la Coll. *La Geste d'Eros*. (6 fr. 75).

> Trois courts romans orientaux à la manière de Flaubert.

André BIRABEAU. — LA DANSEUSE ET LE CAPUCIN. 1 vol. (7 fr.).

> Suite de brèves nouvelles d'un esprit et d'un tour charmants.

Louis BERTRAND : CARDENIO, L'HOMME AUX RUBANS COULEUR DE FEU. 1 vol. (7 fr.).

> L'histoire malheureuse de Marie-Louise d'Orléans, nièce de Louis XIV, la femme du triste roi d'Espagne Charles II. Dans sa phrase large et sonore, Louis Bertrand raconte les misères de la cour d'Espagne. les coffres vides, l'esprit desséché, la lourde étiquette, les haines sourdes, les empoisonnements. Un beau cavalier inconnu jette dans la vie de la pauvre petite française le charme piquant de l'aventure. Livre solide au cadre somptueux, étude vivante.

Georges OUDARD. — MA JEUNESSE. 1 vol. (7 fr.).

> Ce livre porte en sous titre « Roman d'un homme d'aujourd'hui », Jeunesse assez morne que traverse la guerre et les déceptions qui l'ont suivie.

Henri DUVERNOIS. — LE MARI DE LA COUTURIÈRE. 1 vol. (7 fr.).

> Un milieu de petits bourgeois sur lequel se détache la figure charmante de la couturière, fine, sensible et exploitée.

Sylvestre BOIX. — TOUTE NUE. 1 vol. (3 fr. 75).

> Toute nue? C'est la Vérité que le docteur Mathias arrache à ses malades mentaux à l'aide d'un philtre et par la méthode de Freud. Mais la vérité est redoutable et autour du docteur ce ne sont que crimes, suicides, drames conjugaux qui lui sont imputés. Livre leste, spirituel et vif.

Louis AUFAURE. — La MERVEILLEUSE TENDRESSE. 1 vol. (6 fr.).

> Joli roman, sentimental et douloureux.

Paul SERRES. — LE DIABLE AU VILLAGE. 1 vol. (6 fr. 75).

> Roman de mœurs paysannes. L'atavisme est vaincu par l'amour. Une mort bizarre attribuée à l'hypnotisme ajoute un singulier intérêt à ce livre.

André DUMAS. — MA PETITE YVETTE. 1 vol. (7 fr.).

> L'amour d'un père pour sa fille unique. La vie de l'enfant et sa mort nous sont racontées avec la plus émouvante sincérité.

Fr. Martial LEKEUX, *franciscain, commandant d'artillerie*. — MES CLOITRES DANS LA TEMPÊTE. 1 vol. (7 fr.).

> Le frère M. Lekeux, belge, ancien officier dans un couvent de franciscains, obtint de ses supérieurs, de reprendre du service en 1914 et de venir au secours de son pays. Ces pages pathétiques sont un émouvant témoignage de foi et d'héroïsme chrétien.

Jean BESLIERE. — LE PAGE MUTILÉ. 1 vol. (6 fr. 75).

> Les malaises d'un enfant, interné dans une institution; l'éveil de sa curiosité, de sa sensibilité, son inquiet amour pour une femme, sans enfant qui reportait sur lui sa tendresse. Une grossière calomnie, qui la tue, initie le jeune homme aux réalités de la vie.

Roland MEYER. — SARAMANI, *Danseuse cambodgienne*. 1 vol. (6 fr. 75).

> Saramani, la petite danseuse, sœur des bayadères sacrées, âme naïve et charmante, nous initie aux mœurs de la cour actuelle du Cambodge, et nous fait pénétrer dans ce mystérieux pays.

Pierre DEVOLUY. — LE PSAUME SOUS LES ÉTOILES. Bois grav. de Monod-Vox. 1 vol. (10 fr.).

> L'histoire sentimentale et tragique de deux fiancés cévenols, enrôlés dans les troupes huguenotes de Jean Cavalier. Pages intéressantes sur les Psaumes de Clément Marot et de Théodore de Bèze, construits sur des thèmes populaires et que les réformés chantaient en allant au combat ou au supplice.

Alfred CAPUS, *de l'Académie Française*. — SCÈNES DE LA VIE DIFFICILE. 1 vol. (6 fr. 75).

> Histoire de quatre amis, qui s'étend de 1881 à 1921, période de vie difficile, de forces perdues ou sacrifiées, de malaises politiques et économiques. Fine étude de caractères.

Alfred CAPUS. — FAUX DÉPARTS. 1 vol. (4 fr. 50).

Robert DESTEZ. — LE BEAU JOUEUR. 1 vol. (6 fr. 75).

> Un aventurier avide de luxe vole un habit pour s'introduire dans la société mondaine, mais beau joueur, devant l'écroulement de son rêve, il trouve en lui le ressort suffisant pour revenir à la vie saine et à la compagne de ses années de misère. Œuvre d'une fine analyse.

Pierre GRASSET. — LE DON JUAN BOURGEOIS. 1 vol. (6 fr. 75).

Roman d'après guerre. Le héros, qui désire ce qu'il ne possède pas ou n'a pas su garder, hésite entre trois amours simultanés. Il crée de la souffrance et ne trouve que le désarroi.

Paul BRACH. — GÉRARD ET SON TÉMOIN. 1 vol. (6 fr.).

Un roman d'analyse soigneusement psychologique. Les loisirs d'un jeune désœuvré d'après-guerre, qui a laissé tout son vouloir sur les champs de bataille, qui cherche l'amour et ne le trouve pas. Livre un peu lent, mais distingué.

Gaston PICARD. — LES VOLUPTÉS DE MAUVE. 1 vol. (7 fr.).

De l'auteur de *la Confession du Chat* paraît ce nouveau volume dont nous ne pouvons que signaler l'extrême licence.

Marcelle PRAT. — VIVRE. Préface de M. Barrès. 1 vol. (6 fr.).

Journal d'une jeune fille sentimentale éprise de la gloire d'un poète. Elle écrit, on l'édite, c'est le succès. Mais, désenchantée, elle s'aperçoit qu'elle aimait le poète plus que la gloire.

Dr Lucien GRAUX. — INITIÉ. *Moryce Biegonny, le Médium errant.* 1 vol. (6 fr.).

Ce roman fait suite à *Hanté.*

Les Contemporains.

Jean JAURÈS. — UN DISCOURS.

On y trouve successivement la dialectique imposante, la pensée philosophique et une des plus belles envolées lyriques du grand socialiste. Cet étonnant morceau sera d'autant mieux accueilli que les discours de Jaurès sont introuvables.

Israël ZANGWILL. — FLUTTER-DUCK *ou* **LE CANARD AGITÉ.**

Whitechapel, ses habitants orgueilleux et lamentables, les mœurs du ghetto londonien, patriarcales, bouffonnes, tragiques sont évoqués par le maître incontesté de la littérature juive.

Rudyard KIPLING. — LES ENFANTS DU ŽODIAQUE.

Des dieux deviennent des hommes, prennent leur part de souffrance et de travail et meurent. Ce conte donne la plus pure angoisse de la destinée humaine et l'on reste confondu devant l'art d'une telle invention.

COLETTE. — RÊVERIE DE NOUVEL AN.

Ces contes, subtilement parfumés d'amoureuse poésie, sont l'offrande hivernale d'un écrivain unique. C'est inégalable comme le moment présent, comme la sensation et la nuance et d'un charme infini.

Chaque volume (1 fr.).

Les Œuvres libres.

N° 18. Décembre 1922.

Claude Farrère : *Turquie ressuscitée, choses vues*; Tristan Bernard : *Ce que l'on dit aux Femmes*, comédie en 3 actes; Binet-Valmer : *Le Péché*, roman; Franc-Nohain : *Vingt Fables nouvelles*; Émile Henriot : *Aventures de Sylvain Dutour contées par lui-même*, roman.

N° 19. — Janvier 1923.

René Benjamin : *Taureaux et méridionaux*, choses vues; Blasco Ibañez : *La Vieille du cinéma*, nouvelle; Pierre Mortier : *Le Verbe aimer*, comédie en trois actes; Ch. Petit : *Histoire d'un vieux lettré et de son médecin*, roman chinois; Ch. Foley : *Poison*, roman; Maurice Tenard : *L'Homme qui voulait être invisible*, nouvelle.

N° 20. — Février 1923.

Marcel Proust : *Précaution inutile*, roman; André Tudesq : *Keepsake à la Japonaise*, choses vues; Abel Hermant : *Dernier et premier amour*, roman; Sacha Guitry : *Un type dans le genre de Napoléon*; Auguste Bailly : *L'Homme né de la chair*, roman.

Chaque volume (1 fr.)

Auteurs étrangers.

Bibliothèque Cosmopolite.

CHTCHÉDRINE. — LES MESSIEURS GOLOVLEFF. 1 vol. (6 fr. 75).

Un des plus beaux romans de la littérature russe. Par la densité de l'atmosphère, la puissance des caractères, la couleur livide et dégradée répandue sur toute la composition, *Les Messieurs Golovleff* donnent au lecteur le sentiment d'une hallucination.

Th. DOSTOIEVSKY. — LA CONFESSION DE STRAVOGUINE complétée par une partie inédite du *Journal d'un Ecrivain.* 1 vol. (7 fr.).

Ce volume contient trois chapitres inédits du roman *Les Possédés*, que l'auteur avait lui-même supprimés. Extraordinaire évocation d'une âme hantée de tentations perverses et criminelles et cependant affamée de foi. En outre on trouve, à la fin du livre, le plan d'une vaste œuvre de Dostoïevsky, *La vie d'un grand pêcheur* où perce une poignante auto-biographie mise en lumière par une très sûre interprétation de M. Halpérine Kaminsky. Ouvrage très intéressant.

— CARNET D'UN INCONNU. Traduct. BIENSTOCK et TORQUET. 1 vol. 310 p. (6 fr. 75).

L'ouvrage qu'on réimprime aujourd'hui et dont le titre russe est *Stepantchikovo* a été composé par Dostoieswsky à l'époque de ses chefs-d'œuvre : s'il ne fait pas partie de ces derniers il n'en est pas moins un roman des plus intéressants. Admirablement conduit, il met en relief par une verve jaillissante le caractère d'une sorte de Tartufe littéraire d'un orgueil insensé, qui régente une famille.

Anton TCHÉKHOV. — LES MOUJIKS. Tome II des Œuvres Complètes de Tchékhov, trad. du russe par Denis ROCHE. 1 vol. de la *Coll. d'auteurs étrangers*. (7 fr.).

Fédor SOLOGOUB. — LE DÉMON MESQUIN. 1 vol. (7 fr. 50).

Histoire singulièrement attachante et fouillée d'une âme obtuse et vile. Tableau de la petite bourgeoisie russe et du monde des professeurs et collégiens.

Georges GRÉBENSTCHIKOV. — LES TCHOURAIEV. 1 vol. (7 fr. 50).

Histoire d'une famille patriarcale de Sibérie qui a gardé intacte la foi des aïeux. Un fils, qui a été étudiant à Moscou, jette le trouble dans cette paix traditionnelle. Belles descriptions de la Sibérie.

Giovanni PAPINI. — UN HOMME FINI, Traduit de l'italien par Henry Chazet. 1 vol. (7 fr.).

Ce livre marque un moment très important de l'histoire de l'Italie, il dit le secret des forces qui ont conduit au mouvement national de 1915 et qui ont organisé le fascisme. Il exprime une Italie sérieuse, formée dans la grave Toscane, qui répudie les exaltations d'un d'Annunzio, et retrouve l'âme de Leopardi et surtout de Machiavel. Œuvre ferme, austère et émouvante, le bréviaire de la génération italienne de trente à quarante ans.

Jérome K. JÉROME. — LES TROIS HOMMES EN ALLEMAGNE. Traduit de l'anglais par G. Seligmann. 1 vol. (6 fr. 75).

Trois anglais voyagent avant la guerre à travers l'Allemagne. Ils y notent des coutumes, des ridicules, d'amusants traits de caractères. Livre plein d'esprit, d'aperçus pittoresques, de réflexions originales et fines.

V. Blasco-IBANEZ. — CONTES ESPAGNOLS D'AMOUR ET DE MORT. 1 vol. (7 fr.).

Récits tragiques dans le décor coloré de la campagne de Valence. Mœurs curieuses, violentes, pittoresques.

L. BLUMENFELD. — LES CONTEURS YIDDISCH. 1 vol. (7 fr.).

Non sans verve, souvent plaisants mais par la répétition des procédés, vite monotones. De Péretz à Zangwill, qui sont les plus célèbres, ce dernier n'écrivant qu'en anglais, on trouvera un peu de cet humour qui fit la fortune du Yidd Charly-Chaplin.

RÉIMPRESSIONS

Alexandre DUMAS. LES TROIS MOUSQUETAIRES. 2 en-têtes décoratifs de Guétan et 61 comp. de Fred-Money. 2 vol. petit in-8° sur vélin du Marais (30 fr.). 1/2 reliure-chagrin (90 fr.). 1/2 reliure maroquin (130 fr.).

Les œuvres d'Alexandre Dumas de cette collection paraîtront en 35 volumes.

Rudyard KIPLING. — CONTES. Trad. de L. Fabulet, R. d'Humières, Austin Jackson, 1 vol. in-4, 12 compositions hors texte et 100 dessins (30 fr.). 180 ex. sur Jap., holl. et vélin pur fil (143, 99 et 66 fr.).

Ce volume contient : Les tambours du « Fore and aft ». — Garm. — 007. — Le chat Maltais. — Wee Willie Winkie — Le navire qui s'y retrouve. — Mes Démêlés avec un lion. — Moti Guj Mutin.

Ernest RENAN. — SOUVENIRS D'ENFANCE ET DE JEUNESSE, suivis des « Lettres d'Italie » (1849-1850). 1 vol. tiré à 1800 ex. num.

Paraîtra le 7 mars 1923 :

Anatole FRANCE, *de l'Ac. Française.* — LES CONTES DE JACQUES TOURNEBROCHE. Édit revue et corrigée par l'auteur. 1 vol. tiré à 1 800 ex. num.

Le 11 avril 1923 :

George SAND. — LA PETITE FADETTE. 1 vol. tiré à 1 400 ex. num.

Le 2 mai 1923 :

Pierre LOTI, *de l'Ac. Francaise.* — PÊCHEUR D'ISLANDE. 1 vol. tiré à 1 800 ex. num.

Le 6 juin 1923 :

Prosper MÉRIMÉE. — CARMEN. 1 vol. tiré à 1 600 ex. num.

Chaque volume in-8º de cette collection est tiré sur vélin blanc du Marais, tirage limité (20 fr.) (Calmann-Lévy).

Collection bleue.

Anatole FRANCE. — LE LIVRE DE MON AMI. 1 vol. (10 fr.).

> Déjà parus : A. FRANCE : LA ROTISSERIE DE LA REINE PÉDAUQUE. THAIS.

Ed. et J. de GONCOURT. — RENÉE MAUPERIN. Édit. déf. des œuvres d'Ed. et Jules de Goncourt, pub. sous la direction de l'Académie Goncourt. Postface de M. H. Céard, de l'Ac. Goncourt. 1 vol. (7 fr.).

H. de BALZAC. — EUGÉNIE GRANDET.

1 vol. de la Coll. *Les Grandes œuvres.* Ill. en noir et en coul.

Bibliothèque Plon.

Nº 71. Paul BOURGET : LES DEUX SŒURS.

Nº 72. BRADA : MADAME D'ÉPONES.

Nº 73. Ivan Tourguénieff : LES EAUX-PRINTANIÈRES.

Nº 74. Gᵃˡ Bᵒⁿ de MARBOT : MÉMOIRES (*La Bérésina-Leipzig-Waterloo*).

Nº 75. Gaston CHÉRAU : LA PRISON DE VERRE.

Nº 76. Élisa RHAIS : LE CAFÉ CHANTANT.

Chaque vol. (3 fr.)

II. POÉSIE

Pierre-Jean JOUVE. — TRAGIQUES, suivi du VOYAGE SENTIMENTAL. 1 vol. 14 × 19, 176 p. (9 fr.).

> Pierre-Jean JOUVE publie l'œuvre la plus importante qu'il ait donnée jusqu'à présent. Dans TRAGIQUES apparaissent la « conscience ardente, la sensibilité exaltée, le cœur pur et révolté » dont a parlé Georges Duhamel. Dans le VOYAGE on découvrira un très grand poète du sentiment.

Jean SARMENT. — LE CŒUR D'ENFANCE *Extrait de sincérités choisies* (1913-1920). 1 vol. gr. in-81 (8 fr. 50).

> Poésies pleines de charme et de ce même talent qui a porté M. Sarment, dramaturge, à la grande renommée. Edition élégante.

Marguerite BURNAT.-PROVINS. — HEURES D'AUTOMNE. Poèmes en prose. 1 plaquette (6 fr.).

Maurice MARTIN DU GARD. — SIGNES DES TEMPS. 1 vol. (15 fr.).

> La vie moderne a entraîné les rêveurs dans sa guerre, dans le mouvement trépidant de son trafic et de ses sports. Et peu à peu, par eux, naît sa poésie.

Marcel SAUVAGE. — LE CHIRURGIEN DES ROSES, ou *Roses des Iles et du Soir.* Poèmes en prose, avec deux dessins de CREIXANCES.

Georges GABORY. — POÉSIES POUR DAMES SEULES. 1 plaquette ornée d'un portrait de l'auteur gravé en cuivre par D. Galanis (12 fr.).

François-Paul ALIBERT. — ODES. Nº 3 de la Coll. *Une œuvre, un portrait,* nouvelle série. Édit. orig. tirée à 1 150 ex. (12 fr.).

Charles TILLAC. — ESSAI DE RÊVE MODERNE. 1 vol. (6 fr.).

> La poésie inspirée par la vie moderne, le sport, la vitesse, les machines, tous les accessoires scientifiques actuels, par la guerre, l'amour, l'art. Ce volume a obtenu le prix décerné par les « Treize » de l'*Intransigeant*.

RÉIMPRESSIONS

Paul VERLAINE. — SAGESSE. POÉSIES. 1 vol. in-8, tiré à 1 600 ex. num. sur vélin blanc du Marais (20 fr.).

Rosemonde GÉRARD, (Madame Edmond Rostand). — LES PIPEAUX. 1 vol. (6 fr. 75).

> Était épuisé depuis longtemps

Jules LAFORGUE. — ŒUVRES COMPLÈTES. *Poésies.* I. Le Sanglot de la Terre. Les complaintes. L'Imitation de Notre-Dame la Lune. 1 vol. 12 fr. II. Les Fleurs de bonne volonté. Le Concile féerique. Derniers Vers. Appendice. 1 vol. (12 fr.).

III. ESSAIS ET MÉLANGES. CRITIQUE

Jacques BOULENGER. — MERLIN L'ENCHANTEUR; LES ENFANCES DE LANCELOT. Préface de Joseph BÉDIER. 1 vol. (7 fr.).

Les légendes de la matière de Bretagne, les romans de la Table Ronde ont bercé les amours du moyen âge, enchanté Dante, inspiré l'Arioste et les grands espagnols, séduit Tennyson, donné à Wagner ses thèmes les plus émouvants. Ils dormaient dans de vieux cartons. Jacques Boulenger les a repris, leur a redonné vie dans un style exquis et naïf, qui respecte le rêve en évitant l'obscur. C'est peut-être le plus joli livre de l'année

Les cahiers verts.

Ramon GOMEZ de la SERNA. — ÉCHANTILLONS. *Présenté par* VALERY LARBAUD. 1 vol. 190 p. (6 fr. 50).

Cet auteur espagnol est un des plus féconds, un des plus universellement cultivés et des plus représentatifs de l'Espagne littéraire moderne. Les « Échantillons » sont très curieux, souvent profonds, pleins de trouvailles d'une poétique sensualité. Grâce à l'art de la traduction, une œuvre extrêmement séduisante nous est dévoilée.

DRIEU LA ROCHELLE. — MESURE DE LA FRANCE. 1 vol. (5 fr.).

Le soldat de trente ans qui hier donnait son sang, se retourne, juge la valeur de son sacrifice. Il s'acharne sur la France jusqu'à ce que la vérité implacable jaillisse. Si les Français consentaient à s'arrêter deux heures sur ces pages et à faire passer en eux le bénéfice de cet héroïque recueillement, la nation repartirait sans doute pour de nouvelles destinées.

Léon DAUDET. — SYLLA ET SON DESTIN. 1 vol. (7 fr.).

Le jovial agitateur se donne l'illusion d'être tout-puissant et, revêtant la toge de Sylla, réforme la République à coups de sabre contre les obstinés, à coups de verge contre les pusillanimes. Dans les massacres ou dans les bombances, Léon Daudet étale sa magnifique verve, son étonnant pouvoir d'animation, son bonheur éperdu de vivre.

Marcel BOULENGER. — NOUVELLES LETTRES DE CHANTILLY. 1 vol. (6 fr. 75).

A propos de tout et de rien.
C'est d'un joli marquis XVIII\ e\ s. qui connaîtrait parfaitement sa grâce, mais qui éviterait avec soin tout grand geste de peur que sa poudre ne s'envolât.

Maurice LEVAILLANT. — SPLENDEUR ET MISÈRES DE M. DE CHATEAUBRIAND. 1 vol. (12 fr.).

Grâce à des documents inédits, l'auteur a pu écrire l'histoire financière du grand écrivain. Histoire sinistre, profondément émouvante. Ce livre, écrit d'ailleurs, lui aussi, dans un style somptueux, apporte de tristes échos aux accords magnifiques et désolés des *Mémoires d'outre-tombe.*

CHATEAUBRIAND. — AMOUR ET VIEILLESSE. 1 album (20 fr.).

Reproduction en phototypie du manuscrit autographe de la *Bibliothèque nationale* avec une reproduction, des notes critiques et une étude sur Chateaubriand romanesque et amoureux par Victor Giraud.

Maurice DELAFOSSE. — L'AME NÈGRE. 1 vol. (3 fr.).

Le nègre est à la mode. Dans ce petit livre on trouvera de quoi prouver que la littérature nègre possède des attraits. Une volonté de faire net, hardi, schématisé, donne une puissante vie à ces petits poèmes en prose qui sont de lecture agréable.

Auteurs étrangers.

Benvenuto CELLINI. — VIE DE BENVENUTO CELLINI, *écrite par lui-même.* Trad. et annotat. de Maurice BAUFRETON. 2 vol. 13 × 20 cm., 684 p. (ensemble 18 fr.).

Sous le titre de *Bibliothèque Dionysienne,* M. Élie Faure inaugure une collection des belles œuvres littéraires où passe la vie de l'Art.
La *Vie de Benvenuto Cellini par lui-même* est parmi ces œuvres une des plus passionnantes et des moins connues. On y trouve un de ces extraordinaires tempéraments d'artistes et d'aventuriers qu'a développés la Renaissance italienne. Récits d'un cynique orgueil et d'une naïve effronterie, remplis de détails très curieux de la vie des cours et des ateliers.

Léon TOLSTOI. — LA PENSÉE DE L'HUMANITÉ. *Dernière œuvre de Tolstoï,* traduct. E. HALPÉRINE KAMINSKY. 1 beau vol. 14 × 13 (5 fr.).

Pendant les dernières années de sa vie, Tolstoï a surtout pensé à réunir en un volume les pensées qui lui paraissaient les meilleures pour aider à vivre bien. Il désirait appeler ce recueil *Cycle de lectures, Pensées pour tous les jours, Le chemin de la vie.* C'est ce recueil de pensées des écrivains de tous pays, auxquelles Tolstoï mêle les siennes, sorte de testament d'un intérêt unique, qui a passé inaperçu en France dans une édition d'avant-guerre : nous la signalons à tous les admirateurs du grand Russe.

SAADI. — LE JARDIN DES ROSES. Traduct. de Franz TOUSSAINT. Préface de Mme de NOAILLES. 1 vol. 11 × 15,5 sur vél. blanc, imprimé en deux couleurs, frontispice de P. MORCHAIN (8 fr. 50; 100 japon à 55 fr.).

L'auteur du *Jardin des Caresses* et de la *Flûte de Jade* a traduit avec art une des plus admirables productions de la poésie et de la philosophie orientales. Mme de NOAILLES célèbre ce livre dans une préface éblouissante qui compte dans son œuvre.

Constantin BALMONT. — VISIONS SOLAIRES. Préface et trad. du russe par Ludmila Savitzky. 1 vol. (7 fr. 50).

Le Mexique, l'Égypte, l'Inde, le Japon, l'Océanie vus par un russe lyrique et voluptueux épris de soleil, de rythme et de tout ce qui vibre.

Costis PALAMAS. — ŒUVRES CHOISIES, traduites du néo-grec par Eugénie Clément (13 fr. 50 les 2 vol.).

La grâce des idylles antiques amollie, alanguie par le souffle chrétien. Des enthousiasmes, des effusions, le goût de la lumière, de la sensualité, et, chose moderne, du rêve. Cette Grèce touchante est trop peu connue : si le sourire d'Athéna s'est obscurci, les qualités natives restent prêtes pour l'essor.

G.-H. MONOD. — LÉGENDES CAMBODGIENNES, *que m'a contées le gouverneur Khien.* Orn. de reprod. de sceaux cambodgiens. 1 plaq. (6 fr.).

REVUES

LA NOUVELLE REVUE FRANÇAISE a consacré à Marcel PROUST, à l'occasion de la mort de cet écrivain, un numéro spécial auquel ont collaboré, soit pour rappeler leurs souvenirs, soit pour juger l'œuvre, un grand nombre de littérateurs et de critiques importants. Cette livraison, qui contient aussi des photographies de Proust, des fac-similés de ses manuscrits et quelques pages inédites, est d'un exceptionnel intérêt (Déjà presque introuvable).

RÉIMPRESSIONS
Nouvelles éditions.
Œuvres choisies.

Léon BLOY. — BELLUAIRES ET PORCHERS. 1 vol. de 350 p. (6 fr. 75).

L'injustice qui a assombri la vie de Léon Bloy est peu à peu réparée par le succès décisif qui a accueilli la publication des *Lettres à sa fiancée* (v. ci-dessous) et la réimpression du *Sang du Pauvre* annoncée dans notre n° 6 (p. 10). Aujourd'hui reparaît *Belluaires et Porchers.* Le volume contient *Un brelan d'excommuniés* et des satires d'un extraordinaire éclat.

— LETTRES A SA FIANCÉE, avec une préface et un portrait par Mme Léon BLOY, et le fac-similé d'une lettre. Edit. ordin. (7 fr.).

Ces lettres, dont l'édition originale annoncée dans notre n° 6 (p. 8) a été immédiatement enlevée, paraissent aujourd'hui en édition ordinaire. Elles se classent au premier rang de l'œuvre de Léon BLOY qui y montre l'infinie tendresse de son amour et de sa foi.

Jacques CASANOVA de SEINGALT. MÉMOIRES. Tome Ier. Édit. nouv. d'après le texte de l'édit. Princeps de 1826-1838, Préfaces et commentaires historiques et critiques. Introduction par Octave Uzanne. 1 vol. ill. sur pap. de Corvol. (25 fr.).

Les célèbres mémoires de Casanova sont présentés dans cette nouvelle édition d'une façon luxueuse, avec de nombreuses illustrations et notes qui font revivre l'époque et éclairent un texte scandaleux mais infiniment curieux et plein de mérites littéraires et philosophiques.

Collection des Chefs-d'œuvre méconnus.

CASANOVA. — HISTOIRE DE MA FUITE DES PRISONS *de la République de Venise, qu'on appelle les Plombs.* Introduct. et notes de Ch. SAMARAN.

LA BOÉTIE. — DISCOURS DE LA SERVITUDE VOLONTAIRE, *suivi du mémoire touchant l'édit de janvier* 1562. Introd. et notes de Paul BONNEFON.

Mme DU DEFFAND. — LETTRES A VOLTAIRE, introd. et not. de S. Trabucco (chaque volume 12 fr.).

Trois volumes ornés de bois d'Ouvré et ayant tous les mérites de cette charmante collection, aux titres si heureusement choisis, d'exécution si soignée quoique d'un prix très modéré.

Collection Shakespeare.

Cette édition, établie sur les originaux, typographiée avec soin, de caractères anciens, de lettrines rouges qui éclairent le texte, sur beau papier, contient une préface, des annotations et le texte anglais-français. Aspect distingué. Traduction fidèle.

MACBETH. — LES SONNETS. (Chaque vol. 5 fr.).

ŒUVRES DE FRANÇOIS RABELAIS. Édition critique publiée par Abel Lefranc, professeur au Coll. de France, Jacques Boulenger, Henri Clouzot, Jacques Dorveaux, Jean Plattard et Lazare Sainéon. Tomes III et IV : PANTAGRUEL avec Introduction. 2 vol. in-4° tirés à 3 380 ex. num. (Ensemble 55 fr.). Déjà parus : Tomes I et II : GARGANTUA. 2 vol. (Ensemble 37 fr. 50).

Alfred de VIGNY. — *Œuvres complètes.* CINQ MARS OU UNE CONJURATION SOUS LOUIS XIII. Notes et éclaircissements de M. Fernand Baldensperger, prof. à l'Univ. de Strasbourg. 1 vol. petit in-8, imp. par l'Imprimerie Nationale sur pap. vergé. (15 fr.). Demi rel. chagrin avec coins (49 fr.) Demi maroquin avec coins (75 fr.). Déjà parus : *Poèmes* (15 fr.). *Servitude et grandeur militaires* (15 fr.).

PLATON. — PHÉDON OU DE L'IMMORTALITÉ DE L'AME. Trad. intégrale et nouvelle par Mario Meunier. 1 vol. (10 fr.).

CONTES DE MA MÈRE LOYE. 1 vol. avec vignettes gravées sur bois d'après celles de l'édition originale, tiré sur pap. d'alfa teinté (12 fr.).

Histoires ou contes du temps passé (avec des moralités), suivis de contes en vers, par Perrault.

CRITIQUE

Dmitri MEREJKOWSKY. — L'AME DE DOSTOÏEWSKY, *le Prophète de la Révolution Russe.* Trad. du russe par J. Chuzeville, 1 vol. (5 fr. 50).

L'auteur cherche Dostoïewsky dans ses grands romans, *les Possédés, les Frères Karamazov, la Confession de Stravoguine,* nous donne une chaleureuse étude, d'un accent souvent biblique, de cette âme chaotique et géniale.

— COMPAGNONS ÉTERNELS. Trad. par Maurice. 1 vol. (7 fr. 50).

Ce sont les œuvres d'art immortelles et les génies de l'humanité : Marc-Aurèle, Calderon, Byron, Gœthe, Ibsen et bien d'autres, étudiés avec sensibilité et passion, dans le style riche et véhément qu'on connaît.

Jacques CHEVALIER, *professeur à l'Univ. de Grenoble.* — PASCAL. 1 vol. (9 fr.).

Même après tant d'ouvrages importants sur ce sujet, voici une nouvelle étude qui nous apparaît comme indispensable. C'est l'exposé le plus lumineux et le mieux lié de la pensée philosophique et religieuse de Pascal. Concis, clair, complet.
Du même auteur : DESCARTES (9 fr.).

André SUARÈS. — XÉNIES. 1 vol. 250 p. (6 fr. 75).

La pensée et le style si distingués de M. André SUARÈS se portent dans ce volume à des études variées sur la littérature, les grands écrivains, les arts. L'originalité et la force de l'essayiste s'y retrouvent.

René LALOU. — HISTOIRE DE LA LITTÉRATURE FRANÇAISE CONTEMPORAINE (1870 à nos jours). Critique I. 1 vol. (10 fr.)

Un tableau très complet de la littérature moderne et très bien ordonné. Source abondante de renseignements, guide intelligent, lecture agréable.

Ernest SEILLIÈRE. — ZOLA (V. plus loin chap.... Sciences politiques).

Edmond ESTÈVE, *prof. à l'Université de Nancy.* — LECONTE DE LISLE. *L'homme et l'œuvre.* 1 vol. (7 fr.).

Belle étude d'ensemble de l'œuvre de Leconte de Lisle et de la nature de son génie. Sa vie, son art, sa prétendue impassibilité, l'idée qu'il avait des dieux, des hommes, de la nature.

A. VIATTE. — LE CATHOLICISME CHEZ LES ROMANTIQUES. 1 vol. (6 fr. 75).

A travers Chateaubriand, de Bonald, de Maistre, Lamennais, Nodier, Hugo, Vigny, Musset, Lamartine, G. Sand, Sainte-Beuve et Baudelaire, l'auteur poursuit l'étude d'un mouvement qui à ses débuts se proclamait hautement catholique et qui, en moins de trente ans, aboutit à une négation radicale du catholicisme. Il cherche ici les raisons de ce changement.

Camille MAUCLAIR. — SERVITUDE ET GRANDEUR LITTÉRAIRES. 1 vol. (10 fr.).

Souvenirs d'art et de lettres de 1890 à 1900. Le symbolisme; les théâtres d'avant-garde; peintres; musiciens. L'anarchisme et le dreyfusisme. L'arrivisme, etc.

Maurice BARRÈS, *de l'Ac. Française.* — TAINE et RENAN. *Pages Perdues.* Recueillies et commentées par Victor Giraud. 1 vol. (5 fr. 40).

Quelques articles de M. Barrès sur Taine et Renan. Introduction de M. V. Giraud.

IV. THÉATRE

BRIEUX. — L'AVOCAT. Comédie en trois actes. 1 broch. (4 fr.).

Le public a accueilli avec enthousiasme au Vaudeville cette réussite nouvelle de Brieux dans le théâtre social. Cette pièce, puissamment charpentée autour d'un mystère de crime, nous montre les angoisses d'une âme d'avocat aux prises entre l'amour et son devoir professionnel. Très fine analyse de l'entraînement oratoire.

— THÉATRE COMPLET. Tome V. *Le Berceau, Simone, Suzette,* 1 fort vol. (9 fr.).

La publication du *Théâtre complet* de Brieux est maintenant accomplie pour plus de la moitié des œuvres du maître (il y aura 9 vol.). C'est par excellence un ouvrage de bibliothèque publique et privée : il s'impose par la valeur morale et l'intérêt dramatique, la célébrité de chacune de ses parties.

Paul GÉRALDY. — LES GRANDS GARÇONS. 1 vol. (3 fr.). 100 ex. sur Japon (27 fr. 50).

Le triomphe de ce petit acte devant le public de la Comédie-Française et devant la critique l'a égalé aux pièces les plus importantes de l'époque. C'est toute la psychologie des relations de père à fils qui ressort de ce court conflit de deux êtres qui s'aiment, mais ne peuvent arriver à se le manifester. Spirituelle, émouvante, d'une facture parfaite, cette pièce de l'auteur d'*Aimer* est au répertoire définitif de la maison de Molière. Très recommandé pour le théâtre de salons si l'on dispose de trois bons acteurs.

Jacques NATANSON. — L'ENFANT TRUQUÉ. 1 vol. (7 fr.).

Un dialogue âpre, brutal, heurté, dont jaillissent les idées en étincelles. Le conflit de l'homme et de la femme, une manière de marivaudage cruel et tragique. Édition soignée sur beau papier.

Max MAUREY. — MONSIEUR LAMBERT MARCHAND DE TABLEAUX. 2 actes. (4 fr.).

Une des bonnes pièces du grand auteur comique. Peut être jouée dans les familles et sociétés, où elle aura toujours le plus grand succès.

Antone TCHÉKHOV. — THÉATRE I. *La Mouette. L'Ours. Trois Sœurs.* T. XV des Œuv. Compl. d'Antone Tchékhov, trad. du russe p. Denis Roche. 1 vol. (7 fr.).

COLETTE et Léopold MARCHAND. — CHÉRI. Comédie en quatre actes. 1 vol. (6 fr. 50).

Pièce tirée du roman de Mme Colette.

Alfred POIZAT. — CIRCÉ. Comédie en 3 actes, en vers. 1 vol. (6 fr.).

---

*Collection nouvelle
de la France dramatique.*

A. TCHÉKHOV. — UNE DEMANDE EN MARIAGE, trad. CHABOSEAU, 1. a. (1 fr.).

Une des pièces les plus comiques qu'on puisse lire et jouer dans les salons.

G. MARCEL. L'ICONOCLASTE. 1 pièce en 4 tableaux (2 fr.).

Une très belle pièce psychologique de l'auteur du *Cœur des autres.*

J. BOUSQUET. — COMÉDIENNE. 3 actes (2 fr.).

Fine comédie, mélancolique et nuancée, jouée avec grand succès en 1922.

Cette Collection réunit les meilleures productions du Théâtre nouveau (*on peut s'abonner* à 12 pièces pour 16 fr.).

V. PHILOSOPHIE, SOCIOLOGIE, MORALE, RELIGION

Charles ANDLER, *professeur à la Sorbonne.* **— NIETZSCHE ET LE TRANSFORMISME INTELLECTUALISTE.** *La philosophie de sa période française.* 1 vol. (18 fr.).

C'est le cinquième volume de l'œuvre importante consacrée à Nietzsche par l'éminent professeur (v. nos bulletins n° 2, 4). Après la période wagnérienne c'est la période française, la période naturaliste et intellectualiste.

Émile DURKHEIM, *prof. à la Sorbonne.*

— ÉDUCATION ET SOCIOLOGIE, Introd. de P. Fauconnet, maître de conf. à la Sorbonne. 1 vol. (7 fr.).

Éducateurs et sociologues demandent que l'œuvre pédagogique de Durkheim ne reste pas inédite. On publiera ses principaux cours. Le présent volume leur sert d'introduction. Il contient les seules études que Durkheim ait publiées lui-même touchant le caractère social de l'éducation, la méthode en pédagogie, l'enseignement secondaire en France. Très intéressante introduction de M. Fauconnet sur l'œuvre pédagogique de Durkheim.

Dr Sigm. FREUD. — LA PSYCHOPATHO-LOGIE DE LA VIE QUOTIDIENNE. (V. ci-dessous, chap. IX, § Médecine).

Auguste GAZIER, *prof. honoraire à la Sorbonne.* — **HISTOIRE GÉNÉRALE DU MOUVEMENT JANSÉNISTE**, *depuis ses origines jusqu'à nos jours.* 2 vol. in-8 (30 fr.).

BHAGAVAD-GITA. Trad. Ch. Wilkins et Parraud. 1 vol. 9 × 16. (6 fr.).

Cet ouvrage fait partie d'un ancien poème hindou, dialogue entre Krishna et Arjuna son disciple, et présente en abrégé la doctrine des Hindous sur la religion et la morale.

José GERMAIN. — DANSERONT-ELLES? 1 vol. (5 fr.).

La jeune fille n'est-elle pas menacée physiquement et moralement par la Danse moderne? M. José Germain a poursuivi sur cette question une très intéressante enquête parmi de grands médecins, écrivains, éducateurs, etc., qui sera lue avec profit par les parents.

RELIGION

Jacques MARITAIN. — ANTIMODERNE. 1 vol. (7 fr.).

Pour connaître le jugement que porte l'Église catholique sur la société actuelle, on doit lire cet ouvrage de grande valeur et de belle tenue littéraire d'un croyant, thomiste enthousiaste, convaincu que le thomisme bien compris et mis au point est l'unique remède à l'angoissante anarchie du temps présent.

R. P. M.-A. JANVIER, *des Frères Prêcheurs.* **FÊTES DE FRANCE.** *Discours et Panégyriques.* 1 vol. 304 p. (8 fr.).

Les plus célèbres discours prononcés en ces dernières années par le Prédicateur de Notre-Dame.

J.-K. HUYSMANS. — SAINTE SYDONIE DE SCHIEDAM. Bois dess. et gr. par A. Latour. 1 vol. de la Coll. *Le Livre Catholique*, tiré à 2 340 ex. num. sur vieux Jap., gr. vélin de Rives, et vélin teinté de Rives. (66, 55 et 33 fr.).

Claude CHAMPION. — SAINT ANTOINE, ERMITE. 1 vol. (15 fr.).

Histoire du Saint, très bien écrite et commentée par de précieuses illustrations choisies dans l'œuvre des grands maîtres de la peinture.

C. PIEPENBRING, *docteur en Théologie.* — **JÉSUS HISTORIQUE.** 1 vol. (7 fr. 50).

Étude critique de la personne et de l'enseignement de Jésus. Seconde édition très complète.

VI. ART

André MICHEL, *de l'Institut.* — **HISTOIRE DE L'ART**, *depuis les premiers temps chrétiens jusqu'à nos jours.* 12e vol. Tome VI. (Seconde partie). **L'ART MONARCHIQUE FRANÇAIS.** 1 vol. 30 × 29, 440 p., 263 grav. 6 pl. hors texte (50 fr.), relié demi-chagrin. (80 fr.).

Suite de la magnifique publication de M. A. Michel. La seule Histoire générale des Arts complète et moderne, dont une bibliothèque bien tenue ne peut être privée.

Salomon REINACH, *de l'Institut conservateur des musées nationaux.* — **RÉPERTOIRE DE PEINTURES GRECQUES ET ROMAINES.** 1 vol. gr. in-8, 2 720 grav., notices bibliographiques, et index. (45 fr.).

Cet ouvrage réunit pour la première fois l'ensemble des peintures grecques et romaines connues. Excellent instrument de travail pour l'archéologue et pour l'artiste.

Maurice RAYNAL. — PICASSO. 1 vol. (30 fr.).

Œuvre d'un très vif intérêt. Picasso fut le premier peintre qui considéra la toile non comme une représentation de la nature mais comme, en soi, un facteur d'émotion plastique possible, sans contrôle obligé avec la réalité. On voit combien cette théorie, qui fut à la base du cubisme, offre de séduction pour l'intelligence et de dangers pour la raison.

Benvenuto CELLINI (VIE DE), *écrite par lui-même.*

Nous analysons cette œuvre importante ci-dessus, chap. III.

Charles SAUNIER. — LES DÉCORATEURS DU LIVRE. (Coll. L'art français depuis vingt ans. (24 pl. hors texte (8 fr.).

Livre utile comme imitation à l'art du livre et de sa décoration.

Gabriel BERTET, *prof. à l'Ec. Boulle*, **ARTS ET MÉTIERS DU TAPISSIER-DÉCORATEUR** (V. ci-dessous, chap. XI).

Gustave GEFFROY, *de l'Ac. Goncourt.* —

CLAUDE MONET. *Sa vie. Son œuvre.* 1 vol. in-4 couronne, tiré à 1 100 ex. num. sur vergé pur fil Lafuma, 54 reprod. hors texte dont 5 en coul. (120 fr.).

André FRÉCHET, *Directeur de l'Ecole Boulle.* — INTÉRIEURS MODERNES. *Mobilier et Décoration.* 1 album 32 pl. 45 × 32, 5 (70 fr.).

Choix ordonné, sélectionné et typique de 44 *ensembles modernes* récemment exécutés par les artistes modernes les plus distingués.

André-Charles COPPIER. — LES EAUX-FORTES DE REMBRANDT. Nouv. édit. entièrement refondue, 36 grav. nouv. 1 vol. 25 × 32, 3 pl. hors-texte, 156 grav. (70 fr.).

L'ensemble de l'Œuvre. La technique des « Cents Florins ». Catal. chronol. des eaux-fortes et des états.

REMBRANDT. — L'ŒUVRE DU MAITRE, 1 albu. gr. in-8, 643 grav. cart. toile (40 fr.)

Georges WILDENSTEIN. — LOUIS MOREAU (1739-1805). 1 vol. in-4° raisin avec 100 pl. en phototypie tiré à 250 ex. num. (En souscription 100 fr.).

Collection des études et documents pour servir à l'histoire de l'art français du XVIIIe siècle.

EDOUARD MANET. 1 grand album 75 × 57 de la Coll. *Ganymède* (550 fr.).

Henri RIVIÈRE. — LES DESSINS DE DEGAS.

2e fasc. 20 pl., 100 reprod. sur pap. fort, contenues dans un carton, tiré à 250 ex. L'ouvrage sera complet en 5 fasc. de chacun 20 pl. En souscription 1300 fr. pay. par fractions de 250 fr. A l'apparit. de l'ouv. le prix de souscript. sera porté à 1500 fr.

D. MAILLART. — L'ART BYZANTIN (8 fr.).

L'auteur expose la genèse d'un art qui ne fut que de transition. Stylisant ce qui lui parvint de la civilisation romaine, le byzantin est un art de décadence, né dans une atmosphère de corruption et de brutalité. Le présent ouvrage est un guide judicieux à travers les beautés et faiblesses de l'art byzantin.

Marcelle TIREL, *secrétaire de Rodin.* — RODIN INTIME ou *l'Envers d'une gloire.* 1 vol. (8 fr.).

Si ces renseignements intimes n'ajoutent rien à la gloire du maître, du moins enrichissent-ils l'histoire secrète de quelques détails suggestifs. On ne sait si la cause de Rodin en sera servie, mais la curiosité avide de scandales y trouvera sa part.

Henri CARO-DELVAILLE. — PHIDIAS OU LE GÉNIE GREC. 1 vol. (10 fr.).

Beaucoup moins l'histoire du merveilleux sculpteur que celle du génie de la civilisation grecque, qu'il représente.

Roger de FÉLICE. — LE MEUBLE FRANÇAIS DU MOYEN AGE A LOUIS XIII. 1 vol. 64 pl., 78 fig. (15 fr.).

Ce volume achève la très intéressante série des livres illustrés consacrés par de Félice au meuble français, et qui en est une véritable histoire à travers les époques et les provinces. Ont paru dans la même coll. recommandée : *Le meuble français sous Louis XIV et la Régence. Le meuble français sous Louis XV. Le meuble français sous Louis XVI et sous l'Empire.*

René BRANCOUR. — MASSENET. 1 vol. (7 fr. 50).

Abel FAIVRE. — JOURS DE GUERRE. 2 vol. in-16 de la *Coll. des Grands Humoristes.* Chaque vol. (8 fr.).

VII. HISTOIRE, MÉMOIRES

Ernest LAVISSE, *de l'Ac. Française.* — HISTOIRE DE FRANCE CONTEMPORAINE depuis la Révolution jusqu'à la Paix de 1919. TOME X et dernier. Tables générales des origines à la Paix de 1919. 1 vol. in-8 (30 fr., rel. 45 fr.).

Gabriel HANOTAUX, *de l'Ac. Française.* — HISTOIRE DE LA NATION FRANÇAISE *des origines préhistoriques jusqu'à nos jours* (1920). 15 vol. in-4 de 550 à 600 p., ill. dans le texte. 180 hors texte en coul. Tome XI : HISTOIRE DES ARTS, par Louis Gillet. 1 vol. br. (48 fr.).

Albert MALLET, *prof. agrég. d'Hist.* — NOUVELLE HISTOIRE DE FRANCE ILLUSTRÉE, *des origines à* 1919, 1 vol. (60 fr., relié 85 fr.).

Grand ouvrage d'ensemble, admirablement conçu pour l'instruction et la lecture, au courant des derniers progrès de la science et illustré avec la richesse et la variété que permettent les procédés de reproduction moderne. Ce livre réunit toutes les conditions requises pour faire partie d'une bibliothèque éducative et distrayante. Voir dans la même collection GRANGER : *Nouvelle géographie.*

Jean JAURÈS. — ŒUVRES (*Edition défi-*

nitive). Tome III. LA LÉGISLATIVE. 1 vol. in-8 raisin, nomb. ill. (15 fr.).

Princesse de METTERNICH. — SOUVENIRS, 1859-1871. Préface et notes de M. DUNAN, agrégé de l'Université. 1 vol. 150 p. et deux portraits (7 fr.).

La petite fille du grand homme d'État autrichien, Pauline de Metternich, fut pendant l'ambassade de son mari à Paris une des étoiles de la société du Second Empire, la confidente, puis l'amie des mauvais jours de l'Impératrice. L'exceptionnel et presque légendaire éclat de cette femme exquise donne à ses charmants mémoires un intérêt très vif.

Maurice PALÉOLOGUE. — LA RUSSIE DES TSARS PENDANT LA GRANDE GUERRE, 19 août 1916-17 mai 1917. Aquar. de Loukowsky. 1 vol. 14 × 23 (15 fr.).

Troisième volume des importants souvenirs de l'ancien ambassadeur de France en Russie.

HENRI-ROBERT, *ancien Bâtonnier*. — LES GRANDS PROCÈS DE L'HISTOIRE. 2e série. 1 vol. 49 grav. (7 fr. 50).

Les grands procès restés mystérieux de la Brinvilliers, de Charlotte Corday, de Mme Roland; affaires du Collier et Lafarge.

Dr CABANÈS. — LA PRINCESSE DE LAMBALLE INTIME, *d'après les confidences de son médecin*. 1 vol. (15 fr.).

Vivant portrait de la princesse de Lamballe; son nervosisme, son attachement à Marie-Antoinette, sa fin tragique. Histoire bien documentée et très attrayante. Nombreuses vignettes.

Vicomte de REISET. — BEAUX JOURS ET LENDEMAINS. 1 vol. in-8° (10 fr.).

Galerie de portraits de femmes célèbres, Mme de Genlis et ses filles adoptives, la duchesse de Talleyrand, Mme de Chateaubriand, Marie-Antoinette, etc., portraits très vivants et quantité d'anecdotes intéressantes.

Olof HÖIJER. — LE COMTE D'ÆRENTHAL ET LA POLITIQUE DE VIOLENCE. 1 vol. 306 p. (7 fr.).

Étude intéressante, due à un neutre, de l'action néfaste de l'homme d'État autrichien et de ses responsabilités dans les origines de la guerre.

Jehanne D'ORLIAC. — CHANTELOUP, LA DUCHESSE DE CHOISEUL ET CHÉRUBIN. 1 vol. (6 fr. 75).

Charmant recueil d'histoires anecdotiques du xviiie siècle, où l'on voit défiler en Touraine les héros et les héroïnes du *Mariage de Figaro*.

O.-P. GILBERT. — VIE DU FELD-MARÉCHAL, PRINCE DE LIGNE. 1 vol. in-8, (7 fr. 80).

J. LUCAS-DUBRETON. — LOUVEL LE RÉGICIDE. 1 vol. (7 fr.).

L'assassinat du duc de Berry par Louvel nous est présenté d'une façon fort curieuse. Louvel est un mystique de l'assassinat de la lignée des Ravaillac et des Damiens.

Ludovic H. GRONDIJS. — LA GUERRE EN RUSSIE ET EN SIBÉRIE. Avant-propos de *M. Maurice Paléologue*, ambassadeur de France, préface de M. Émile HAUMANT, prof. à la Sorbonne, 1 très fort vol. in-8°, 572 p. (33 fr.).

Jules POIRIER. — LA BATAILLE DE VERDUN (21 février-18 décembre 1916).

Comte R. de GONTAUT-BIRON. — COMMENT LA FRANCE S'EST INSTALLÉE EN SYRIE, 1918-1919. 1 vol. in-8, 2 cartes (15 fr.).

P. CAZIN. — LES MÉMOIRES DE JEAN CHRYSOSTOME PASEK, *gentilhomme Polonais*. 1 vol. (10 fr.).

Mémoires d'un polonais de haut lignage, égoïste, avare, ferrailleur, qui prit part à toutes les luttes de la Pologne dans la seconde moitié du xviiie siècle.

S. DESNOYERS, *Prof. à la Fac. de Théol. cath. de Toulouse*. — HISTOIRE DU PEUPLE HÉBREU *des Juges à la captivité*. Tome I. LA PÉRIODE DES JUGES. 1 vol. (20 fr.).

Écrite avec un esprit critique et un grand souci d'impartialité, c'est l'histoire de l'importante période des juges hébreux, pendant laquelle le peuple juif passa de la vie nomade à l'état sédentaire, se constituant une unité nationale. Caractères des tribus voisines d'Israël, idées religieuses, rites, liturgies, civilisation des Hébreux.

VIII. GÉOGRAPHIE, VOYAGES

L.-Col. C. K. HOWARD-BURY D.S.O. — A LA CONQUÊTE DU MONT EVEREST. Trad. G. MOREAU. Introd. de Sir Francis YOUNGHUSBAND. Préface du prince Roland

BONAPARTE. 1 vol. 14 × 23 cm. 400 p. — 33 phot. hors texte; cartes et croquis (20 fr.).

Ce récit du formidable effort humain qui a pour objet la visite du point culminant du globe, plus imprenable encore que le pôle, est une des plus passionnantes et des plus instructives lectures qu'on puisse faire et conseiller.

Henry AUBERT. — VILLES ET GENS D'ITALIE. 1 vol. (7 fr. 50).

Gênes, Milan, Naples ont la plus grande place dans ce livre où n'entre aucune description d'œuvre d'art. M. Aubert s'attache à la matière vivante. L'Italie n'est pas pour lui une « terre des morts » mais un magnifique réservoir d'avenir.

Victor CAMBON. — L'ALLEMAGNE NOUVELLE. 1 vol. 14 × 20 cm. de 290 p., av. 20 pl. hors texte, graphique, cartes et plans. (8 fr.).

Cet intéressant volume, illustré de photographies très parlantes, a toutes les qualités de l'ouvrage connu du même auteur *L'Allemagne au travail* et il est au courant de la dernière actualité.

Paul BERRET. — LE DAUPHINÉ. 1 vol. de la Coll. *Les Provinces Françaises*, 103 ill.

André MAUREL. — PAYSAGES D'ITALIE. Tome IV. *De Trieste à Cattaro.* 1 vol. pet. in-8 (8 fr.).

Nous avons annoncé le tome III de cet ouvrage dans notre Bull. n° 1 (épuisé).

Albert SARRAUT, *Ministre des Colonies.* — LA MISE EN VALEUR DES COLONIES FRANÇAISES. 1 vol. in-8, 650 p., 11 cartes en noir et en couleurs (20 fr.).

M. Sarraut a su s'imposer comme ministre des colonies. Non seulement il a entrepris de les visiter mais encore il les comprend, et il a en tête leur mise en valeur. Dans ce volume sont d'abord posés *les principes* de l'action entreprise, ensuite, pour chaque colonie, et déterminé, un *programme*.

Emm. de MARTONNE, *prof. de Géogr. à la Sorbonne.* — ABRÉGÉ DE GÉOGRAPHIE PHYSIQUE. 1 vol. 14 × 22, 100 fig. ou cartes, 8 pl. de photographies hors texte. Broché (15 fr.).

Ouvrage élémentaire mais de valeur scientifique certaine, exposé clair et simple des connaissances actuelles, excellent livre d'initiation, bien illustré.

Ernest GRANGER, *prof. agrég. d'Histoire et de Géographie.* — NOUVELLE GÉOGRAPHIE UNIVERSELLE. 2 vol. (chacun 50 fr., rel. 75 fr.).

Œuvre bien conçue, bien exécutée, au courant des derniers remaniements du monde. Belles illustrations en couleurs. Très bel ouvrage de science et de vulgarisation. De la même coll. : *Nouvelle histoire de France illustrée.* (Voir ci-dessus *Histoire,* ch. VII.)

IX. SCIENCES MATHÉMATIQUES, PHYSIQUES ET NATURELLES

Armand LAMBERT, *astronome à l'Observatoire.* — L'ASTRONOMIE. 1 vol. de la *Petite Bibliothèque de culture générale* (rel. toile (6 fr.).

« Le présent opuscule, où l'on s'est efforcé de faire comprendre les méthodes qui ont conduit aux connaissances astronomiques actuelles, ne poursuit d'autre ambition que d'éclairer les premières avenues de la science céleste et d'inspirer la curiosité de cet univers que nous dominons par la pensée et asservissons à nos calculs ».

CARLO TOCHÉ, anc. off. radiotélégraphiste au G. Q. G. — LA RADIOTÉLÉPHONIE. Préf. du gén. Ferrié. 1 vol. in-4°, 98 p., 44 fig. (10 fr.).

Notions sur la radiotéléphonie ; avantages, les appareils, leur réglage et leur fonctionnement.

MÉDECINE

Dr Sigmund FREUD. — LA PSYCHOPATHOLOGIE DE LA VIE QUOTIDIENNE. Trad. JANKELEVITCH. 1 vol. 14 × 23. 321 p (14 fr.).

Nous avons signalé, dans notre n° 3, l'*Introduction à la psychanalyse* du même auteur et l'importance de la doctrine freudienne qui s'est répandue en France avec un succès si retentissant (v. aussi dans le n° 6 p. 18 l'important ouvrage de vulgarisation de RÉGIS et HESNARD). Le présent livre permet de vérifier le freudisme dans la vie quotidienne, c'est un *manuel d'auto-psychanalise* et on peut par ces mots en deviner tout l'intérêt.

E. ROCHARD, *de l'Ac. de Médecine* et M. M. STERN, *m. corresp. de la Soc. de Chirurgie.* — THÉRAPEUTIQUE POST-OPÉRATOIRE à l'usage des *Chirurgiens, Prati-*

ciens et *Infirmiers*. 1 vol. in-8, 732 p., 156 fig. (30 fr.).

A. CALMETTE. *S. direct. de l'Inst. Pasteur à Paris.* — L'INFECTION BACILLAIRE ET LA TUBERCULOSE CHEZ L'HOMME ET LES ANIMAUX. 2e édit. 1 vol. gr. in-8, 644 p., 30 fig., 35 pl. en coul. (50 fr.).

Henri-V. VALOIS, *prof. à la Fac. de Méd. de Toulouse.* — LES TRANSFORMATIONS DE LA MUSCULATURE DE L'ÉPISOME *chez les Vertébrés.* 1 vol. in-8, 54 p., 42 fig. 4 tableaux Fasc. 13 des *Archives de Morphologie générale et expérimentale.* (40 fr.).

Iser SALOMON, *radiolog. de l'Hôp. Saint-Antoine.* — LA RADIOTHÉRAPIE PROFONDE. 1 vol., 152 p., 32 fig. (9 fr.).

Ch. ACHARD, *de l'Ac. de Méd.* et S. BINET, *chef de Laborat. à la Fac. de Méd.* — EXAMEN FONCTIONNEL DU POUMON. 1 vol. 156 p., 66 fig. et schémas (12 fr.).

F. de QUERVAIN, *prof. à l'Univ. de Berne,* JENTZER et PASCHOND. — LE DIAGNOSTIC CHIRURGICAL, 2e édit. 1 vol. in-8, 745 p., 8 pl. en coul. (62 fr.).

J. DARIER. — ATLAS DU CANCER. Premier fascicule, juin 1922 (25 fr.).

Dr A. MARTINET. — LES ANGINES DE POITRINE. *Le syndrome clinique. Pathogénie. Pronostic thérapeutique. Pratique médicale. Bibliographie.* 1 vol. in-8 écu, 140 p., 35 fig. 4 pl. (8 fr.).

Dr Louis BORY, *chef de clin. à la Fac. de méd. de Paris.* — LES PHÉNOMÈNES DE DESTRUCTION CELLULAIRE. 1 vol. (12 fr.).

J. FIOLLE, *Prof. à l'Ec. de Méd. de Marseille. Chirur. des Hôpit.* — LE CURETTAGE UTÉRIN. *Indications. Technique. Accidents. Résultats.* 1 vol. 136 p. avec fig. et pl. (8 fr.).

G. LEVADITI. *Ectodermoses neurotropes.* — POLIOMYÉLITE. ENCÉPHALITE. HERPÈS. *Monogr. de l'Inst. Pasteur.* 1 vol. in-8, 275 p., 4 pl. doubles en coul., 27 fig. (24 fr.).

G.-H. ROGER, *de l'Acad. de méd. Doyen de la Fac. de méd. de Paris.* — PHYSIOLOGIE NORMALE ET PATHOLOGIE DU FOIE. 1 vol. in-8, 400 p. (22 fr.).

A. LATARJET, *prof. à la Fac. de Méd. de Lyon.* — PRÉCIS-ATLAS DES TRAVAUX PRATIQUES D'ANATOMIE. *Dissection. Anatomie de surface.* Fasc. I. *Membres supérieur,*

1 vol. in-8, 230 p., 17 fig. et 38 pl. en coul. cart. toile (35 fr.).

L'ouvrage sera complet en 4 fasc. qui se vendront séparément.

Dr A. DELANGRE. — CONSULTATIONS MÉDICO-CHIRURGICALES. *Bréviaire du Praticien.* 1 vol. in-8 carré, 1 200 p., cart. toile (45 fr.).

R. CESTAN, *méd. des Hôp.* — LES ÉPILEPSIES. 1 vol. (7 fr. 50).

LEREDDE et DROUET. — TRAITEMENT DE LA SYPHILIS. 1 vol. in-8, (6 fr.).

LE MATTE. — L'OPOTHÉRAPIE DU PRATICIEN. 1 vol. in-8. (6 fr.).

Dr Germain BLECHMANN, *ancien chef de clinique de la Fac. de Méd. de Paris.* — LES PÉRICARDITES AIGUËS. 1 vol. 27 fig. (10 fr.).

Dr René LEDENT, *direct. des Cours norm. d'Educ. phys. prof. à l'Ec. d'Anthropol. de Liége.* — L'ÉDUCATION PHYSIQUE, *basée sur la* PHYSIOLOGIE MUSCULAIRE. Préface du Dr J.-P. Langlois, de l'Ac. de médecine. 1 vol. in-8, 356 p., 88 fig. (16 fr.).

Henri VERGER, prof. de Méd. lég. à l'Univ. de Bordeaux. — L'ÉVOLUTION DES IDÉES MÉDICALES *sur les responsabilités des délinquants.* 1 vol. de la *Bib. des connaissances médicales* (7 fr.).

SCIENCES NATURELLES

Etienne RABAUD, *prof. à la Fac. des Sciences de Paris.* — L'ADAPTATION ET L'ÉVOLUTION. 1 vol. in-8 de la *Bibl. de Synthèse scientifique* (15 fr.).

Interprétation nouvelle des théories de l'évolution qui, dit l'auteur, n'est autre que l'évolution des propriétés physico-chimiques sous certaines influences. Les organismes ne se transforment pas parce qu'ils évoluent, mais ils évoluent parce qu'entraînés d'un milieu à un autre, d'une adaptation à une autre, ils se transforment. Livre très intéressant.

Auguste LUMIÈRE. — RÔLE DES COLLOIDES CHEZ LES ÊTRES VIVANTS. 1 vol. avec ill. en noir et coul. (16 fr.).

Théorie nouvelle étayée sur les lois de la physique et de la chimie et sur l'expérimentation. Si cela venait à être confirmé on pourrait considérer les phénomènes de la vie sous un jour nouveau. « L'état colloïdal, dit l'auteur, conditionne la vie, la floculation détermine la maladie et la mort ». C'est en agissant sur les micelles et le liquide intermicellaire qu'on peut espérer trouver des procédés curatifs des différents états pathologiques.

Auguste FOREL. — LE MONDE SOCIAL DES FOURMIS. Tome III. 2 pl. en coul., 28 fig. dans le texte, appendice du Dr E. Bugnion, avec 8 pl. 1 vol. in-8 (15 fr,).

Le troisième volume de ce magnifique ouvrage que nous avons signalé dans nos Bull. n° 3 et 6, paraît au moment où nous mettons sous presse. Nous ne pouvons qu'en donner le résumé : Appareils d'observation. Fondations des fourmilières. Mœurs à l'intérieur des nids. Bétails. Jardins. Fourmis parasites.

Louis TERNIER. — LA SAUVAGINE EN FRANCE. 1 vol. in-8 grand raison, 125 grav. d'après nature par E. Thirier, M. Moisand et L. Ternier (35 fr.).

Nos oiseaux de mer, de rivière et de marais. Chasse, description et histoire naturelle de toutes les espèces visitant nos contrées.

Paul HEUZÉ. — LES MORTS VIVENT-ILS ? 2e série. L'ECTOPLASME. 1 vol. (7 fr.).

Nous avons signalé dans notre Bulletin n° 4 le livre de M. Paul Heuzé « Les morts vivent-ils ? » Celui-ci relate la continuation de son enquête scientifique. Il a pu organiser une série d'expériences sur les matérialisations, la formation de l'*ectoplasme*, qui ont eu lieu à la Sorbonne en présence des professeurs Louis Lapicque, G. Dumas et H. Piéron.

X. SCIENCES SOCIALES ET POLITIQUES, DROIT

Walther RATHENAU. — OU VA LE MONDE ? *Considérations philosophiques sur l'organisation sociale de demain.* 1 vol. 14 × 19, 370 p. (9 fr.).

Rathenau décrit les maux dont souffre le monde moderne. Il voit le remède dans l'utilisation rationnelle du mode de la production capitaliste. Dans l'effort que chacun doit faire pour chercher une issue aux périls actuels de la civilisation, la lecture de ces méditations politiques et morales d'un grand esprit a une grâce privilégiée.

Collection « Les documents du temps ».

NITTI, anc. président du Conseil d'Italie. — **L'EUROPE SANS PAIX**, *traduc.* A PRATO. 1 fort vol. avec 1 portrait (7 fr.).

Cet important ouvrage, annoncé par notre précédent n°, avait été retardé et vient de paraître en français après avoir été traduit dans toutes les langues. C'est la condamnation motivée du traité de Versailles par un de ses principaux signataires qui propose une orientation radicalement différente de la politique européenne.

Jean VARIOT. — LETTRE A L'ANGLAIS, suivi d'une *Réponse en forme de ballade du Coutelier de Sheffield*, de l'*Apologie pour l'Impérialisme* et du *Monologue de l'Autrichien en guenilles.* 1 vol. (4 fr. 90).

L'éclat littéraire de ces essais met en valeur de profondes connaissances politiques, très nécessaires à l'intelligence du temps présent. La récente rupture avec l'Angleterre est une démonstration de la perspicacité de l'auteur pour qui l'idéologie ne prévaut pas contre l'effet des constantes réelles de la psychologie des peuples, source de l'histoire.

En préparation dans cette collection :

NORMAN ANGELL : *Forces économiques et lutte politique* (suite à la *Grande Illusion*).

André LORULOT. — CRIME ET SOCIÉTÉ, *Essai de criminologie sociale,* avec une préface du Dr LEGRAIN, *médecin chef des asiles d'aliénés de la Seine, membre du Conseil sup. de l'assistance publique, expert près les tribunaux* et une lettre d'introduction de M. le Dr R. DUBOIS, *Professeur de Physiologie générale et comparée à l'université de Lyon.* 1 fort vol. in-18 375 p. (7 fr.).

Les Tribunaux distribuent des sentences de mort et de bagne, mais on ne s'occupe guère de tarir les sources du crime. M. LORULOT par ce livre de sciences, de clairvoyance philosophique et de bonne foi donne pour la première fois l'occasion au public d'examiner d'une façon méthodique le problème du crime. Même si on n'arrive pas à des conclusions aussi bienveillantes que celles de l'auteur, on ne peut contester la haute valeur éducative et le passionnant intérêt de cette œuvre.

Collection « Politeia ».

Ernest SEILLIÈRE. — ÉMILE ZOLA. 1 vol. de 258 p. (7 fr. 50).

Le plus profond et le plus intéressant des critiques de l'esprit romantique citait hier à la barre Rousseau et Dumas fils, aujourd'hui c'est Zola. On peut penser que le romantisme est un des plus puissants levains de la civilisation occidentale : il est certain que la dose doit être cependant surveillée. Ce problème capital, nous en trouvons les données autour de nous, en nous, quand M. Seillière dissèque des œuvres si familières que nous les lisons sans contrôle. (Sur *Seillière* et son œuvre V. Bull. n° 3, p. 6).

Maurice PERNOT. — LA QUESTION TURQUE. I vol. 320 p. (6 fr. 75).

Enquête sur les conditions dans lesquelles peut vivre et prospérer la nation turque. Abondante documentation, notamment sur les opinions des groupes nationaux intéressés.

Léonce JUGE. — VERS L'INDÉPENDANCE POLITIQUE. I vol. de la *Coll. Politeia* (6 fr. 75).

Dans un précédent ouvrage, *Notre abdication Politique*, l'auteur a analysé les causes des erreurs de la Paix de Versailles. Dans ce livre il étudie les conditions et les chances de redressements d'une situation difficile mais non désespérée.

Georges VALOIS. — L'ÉTAT ET LA PRODUCTION. I vol. 100 p. (1 fr.).

Quel système politique et économique assurera le redressement de l'État et la prospérité des peuples? Le lecteur jugera les solutions proposées par un tenant très actif et très moderne de la thèse royaliste.

René GOMARD, *prof. à la Fac. de droit de Lyon*. — HISTOIRE DES DOCTRINES ÉCONOMIQUES. I vol. 14 × 20, 350 p. (15 fr.).

Ce troisième volume étudie le socialisme, les écoles réalistes et le déclin de l'école libérale. Histoire à la portée de tout le public cultivé, ayant un objet intéressant et utile entre tous.

Firmin ROZ. — COMMENT FAIRE CONNAITRE LA FRANCE A L'ÉTRANGER. I vol. de la Coll. *Les Problèmes d'aujourd'hui*. 108 p. (4 fr.).

L'intéressante collection dirigée par M. ALFRED DE TARDE s'accroît d'un ouvrage utile, ce sont des *Principes de propagande française* et un *programme d'action possible* en France et à l'étranger. Il sera lu avec fruit par les très nombreuses personnes qui se sont vouées à faire aimer notre pays.

***** CEUX QUI NOUS MÈNENT.** I vol. 350 p. (7 fr.).

Suite de 25 portraits et notes biographiques sur les principaux hommes politiques de notre époque. Se lit fort agréablement et permet de se remettre en mémoire les multiples évolutions des membres de notre personnel gouvernemental.

Henri MICHEL. — ORGANISATION ET RÉNOVATION NATIONALE. — Préface du Maréchal Lyautey. I vol. (5 fr.).

« Le but auquel tend tout votre livre, dit le maréchal, c'est, comme au laboratoire, passer de la formule théorique à l'expérience réalisée », par l'éducation de l'énergie nationale, de la volonté d'action collective et ordonnée.

M. BRINCKMEYER. — HUGO STINNES. Documents traduits et commentés par V. MARCANO. Préf. de Georges BLONDEL. I vol. (5 fr.).

La seule personnalité de M. STINNES est plus importante à connaître que tous les faits et gestes du gouvernement allemand. Voici le premier ouvrage où on trouvera une abondante documentation sur la vie et le caractère de Stinnes et l'activité de son immense groupe industriel.

Henri LICHTENBERGER. — L'ALLEMAGNE D'AUJOURD'HUI, *dans ses relations avec la France*. I vol. 280 p. (7 fr.).

Le *Musée Social* consacrera plusieurs monographies à une étude détaillée de l'Allemagne. Ce livre d'une compétence éminente est le premier de la série et sa valeur documentaire est considérable.

Max HOSCHILLER. — UNE ENQUÊTE EN ALLEMAGNE. I vol. (7 fr. 50).

M. Haschiller a rencontré et interrogé les grands industriels rhénans, les banquiers de Francfort et de Berlin, des personnalités politiques; il a étudié la situation réelle de l'Allemagne. Quoiqu'il reste surtout informateur, il estime que le problème des réparations ne peut être résolu que par une suite d'emprunts internationaux.

Max AUBOIN. — LES PRESTATIONS EN NATURE DE L'ALLEMAGNE ET LE PROBLÈME DES RÉPARATIONS. I vol. (12 fr.).

L'auteur, écartant toute discussion politique, pose le problème des réparations sur le terrain économique.

LES CAHIERS DE L'ANTI-FRANCE. — BOLCHÉVISME DE SALON ET FAISANDISME JUIF. (n° 6 de la Coll.). I vol 155 p. (3 fr.).

Georges ANQUETIL. — LA MAITRESSE LÉGITIME. *Essai sur le mariage polygamique de demain*. I vol. 450 p. (10 fr.).

Livre de propagande journalistique d'un ton très libre en faveur de la polygamie.

LA REVUE DU MONDE MUSULMAN publie dans son Tome II une importante étude de M. Joseph Castegné sur LE BOLCHÉVISME ET L'ISLAM. I vol. (15 fr.).

Œuvre documentaire d'un haut intérêt, qui fait connaître les organisations soviétiques de la Russie musulmane.

LES TERRASSES DE LOURMARIN. — I. *L'inquiétude Démocratique* (Noël

VESPER). II. *Le sophisme de la compétence* (R. LAURENT-VIBERT). III. *L'Intempérance théologique* (Noël VESPER). IV. *Le Sophisme parlementaire* (R. LAURENT-VIBERT). Chaque plaquette (1 fr. 50).

Une compagnie de libres amis se réunit au hasard des voyages dans un manoir du Midi. Des conversations de la terrasse émanent ces petits traits distingués où se suggère une rénovation de la France, au besoin par l'abandon de quelques dogmes démocratiques.

DROIT

Henri JOLY, *de l'Institut*. — LE DROIT FÉMININ. 1 vol. de la *Bib. de Philosophie scientifique* (7 fr.).

Le mariage et l'unité familiale sont les vrais fondements du droit des femmes. L'auteur recherche où en est actuellement le droit féminin, quelles sont les réformes à opérer tant politiques que professionnelles.

Elie COHEN. — LA QUESTION JUIVE DEVANT LE DROIT INTERNATIONAL PUBLIC. 1 vol. (12 fr.)

L'auteur traite de l'anti-sémitisme. Il en montre les conséquences pour les Juifs et l'humanité. Dans la dernière partie, il étudie les diverses solutions de la question et conclut en souhaitant que la Société des Nations donne dans son sein une place à une représentation des Juifs valablement nommée.

Léon PARIZOT. — COMMENT ON PARTAGE UNE SUCCESSION. 1 vol. 370 p. (8 fr. 50).

Cet ouvrage s'adresse aux héritiers, tuteurs, donateurs, légataires, créanciers héréditaires, créanciers personnels des héritiers, aussi bien qu'aux clercs, étudiants et praticiens. Clair, précis, il permet à tous de raisonner et de comprendre les questions relatives aux successions.

Barthélemy RAYNAUD, *prof. à la Fac. de Droit de l'Université d'Aix-Marseille.* — MANUEL DE LÉGISLATION INDUSTRIELLE. 1 vol. 408 p. (15 fr.).

S'adresser aux étudiants en Droit et à tous ceux qui sont, dans les divers domaines industriel, commercial, agricole, financier, en contact avec la législation du travail en vigueur.

Marcel LEHMANN. — LA SITUATION FINANCIÈRE ET LES PENSIONNÉS DE LA GUERRE. 1 vol. (5 fr.).

XI. TECHNIQUE, SCIENCES APPLIQUÉES, INDUSTRIE, COMMERCE, AGRICULTURE.

Eugène MAREC, *ing. dipl. de l'Ec. Sup. d'Electricité*. — LA FORCE MOTRICE ÉLECTRIQUE DANS L'INDUSTRIE. Préface de Paul Janet. 1 vol. 25 × 16, 614 p., 541 fig. (55 fr.).

Organisation générale des services électriques d'une usine, comment on doit installer, alimenter et entretenir le matériel.

Gabriel BERTET, *prof. à l'Ec. Boulle.* — ARTS ET MÉTIERS DU TAPISSIER DÉCORATEUR. 1 vol. 14 × 20 cm. 410 p., 566 dessins de l'auteur dont quelques-unes en couleurs (18 fr.).

C'est un manuel complet de la belle profession de tapissier-décorateur. La rédaction d'ouvrages de ce genre est le seul remède à la crise de l'apprentissage : ils permettent à l'apprenti, à l'ouvrier et à l'amateur d'apprendre la technique totale des métiers en dehors de la tâche spécialisée de chaque jour.

Bibliothèque des professions des Arts et des Métiers.

René LE BŒUFFLE. — LE MENUISIER PRATIQUE. 1 vol. ill. (6 fr.).

Ce volume traite des bois, des outils, des cloisons et lambris, des portes, des menuiseries vitrées, des volets et persiennes, des devantures, des parquets, etc. Installations, réparations courantes, petites constructions.

E. COUSTET. — COMMENT INSTALLER CHEZ SOI LA TÉLÉPHONIE SANS FIL A BON MARCHÉ. 1 vol. ill. (3 fr. 50).

Données pratiques nécessaires pour mettre la téléphonie sans fil à la portée de tous.

Henri BONNAMAUX. — LA MENUISERIE PRATIQUE. Tome II. 1 vol. 11,7 × 15,5, coins arrondis tranches bistrées, 115 fig., mi-cart. de la *coll. Baudry de Saunier.* (12 fr.).

Exécution pratique des travaux : La préparation du bois, les menus travaux de menuiserie, la fabrication des petits meubles. La distribution intérieure des maisons, comment établir les cloisons, l'huisserie, les châssis, etc.

ALMANACH DU BLÉ POUR 1923. 1 broch. 12 × 21, 124 p., ill. (1 fr.).

Cet almanach, édité sous la direction de la *Confédération nationale des associations agricoles*, présenté par une introduction de M. CHÉ-RON, ministre de l'Agriculture s'adresse au cultivateur. Ouvrage pratique, d'un prix minime, très recommandé.

XII. HYGIÈNE, SPORTS, JEUX, UTILITÉ PRATIQUE

Dr Maurice BOIGNEY, *Méd. chef de l'Ec. d'Education Physique de Joinville.* — MANUEL SCIENTIFIQUE d'ÉDUCATION PHYSIQUE. 1 vol. in-8. 255 grav. (25 fr.).

Cet ouvrage est la véritable somme des travaux de la science biologique contemporaine en matière de sports et d'exercices physiques. Premier manuel complet sur la matière. Sommaire : Histoire de l'éducation physique, influence générale de l'exercice, effets et formes aux différents âges, éducation physique féminine, étude et dosage physiologique des divers exercices, etc., etc. Important ouvrage.

Dr Paul CARTON. — LA CURE DE SOLEIL ET D'EXERCICES CHEZ LES ENFANTS. 1 brochure 60 fig. orig. (10 fr.).

L'école de plein air doit être généralisée. Les enfants doivent recevoir une éducation physique naturelle. Les progrès intellectuels s'acquièrent en même temps que les forces physiques et la résistance vitale s'accroissent.

José GERMAIN. — DANSERONT-ELLES? 1 vol. (5 fr.).
Voir ci-dessus ch. v : Morale.

Dr PERRIN DE BRICHAINBAUT et P. BÉHAGUE. — MALAISES DES AVIATEURS. *Leurs causes, leurs explications, leurs remèdes* 1 br. 16 p. (1 fr.).

COUSINE CLAIRE. — LES ALBUMS DE TRAVAUX FÉMININS.

Une série de charmants volumes, pratiques, bien illustrés, constituant des leçons simplifiées.

BRODERIE ET DENTELLE (6 fr. 75). LE POINT DE VENISE (6 fr. 75). LE POINT DE VENISE (nouveaux modèles) (4 fr. 75). LE POINT DE VENISE (modèles simples (6 fr. 75). La DENTELLE RENAISSANCE (6 fr. 75). LA BRODERIE BLANCHE (6 fr. 75). LES DENTELLES NOUVELLES AU LACET (6 fr. 75). LE FILET, 5 vol. (6 fr. 75. 3 fr. 75 et 1 fr. 90). Le CROCHET-FILET (3 fr. 75). La DENTELLE D'IRLANDE (3 fr. 75). LES JOURS A FILS TIRÉS (3 fr. 75). ALBUM DE LAYETTES (3 fr. 75). ALBUM DE LINGERIE (3 fr. 75). ALBUM DE CROCHET, 6 vol. (1 fr. 90 ch.). LA DENTELLE AUX FUSEAUX (3 fr. 75). ALBUM DE BONNETERIE (3 fr. 75). ALBUM DE BRODERIES POUR ROBES 3 vol. (4 fr. 75 ch.). LE TÉNÉRIFFE (3 fr. 75). La LINGERIE D'AMEUBLEMENT (6 fr. 75). JOLIS VÊTEMENTS TRICOTÉS (3 fr. 75). ALBUM D'INITIALES ET DE MONOGRAMMES (6 fr. 75). ALBUM D'OUVRAGES POUR PETITES FILLES (3 fr. 75). LES PETITS MEUBLES DÉCORÉS (7 fr. 50). LA FRIVOLITÉ (4 fr. 75).

Benjamin RENAUDET. — TOUS LES JEUX ET LEURS RÈGLES. No 1. LA MANILLE. No 2 : LE PIQUET. No 3 : L'ÉCARTÉ. No 4 : LE POKER. Chaque vol. (1 fr.).

Pour chaque jeu, règles complètes et commentaires.

XIII. VULGARISATION

A. BERGET, *docteur ès sciences.* — LE CIEL (chaque fascicule 1 fr. 95). *Collection in-4° Larousse.*

Astronomie vraiment scientifique, moderne; vaste ensemble d'idées et de faits exposés avec clarté et accessibles à tous. Belle publication très bien illustrée qui comprendra 26 fascicules. Le premier a paru le 11 nov. 1922.

Abbé MOREUX. — LES AUTRES MONDES SONT-ILS HABITÉS ? 1 vol. 12 × 19, 161 p. 8 p. hors texte (5 fr.).

C'est une nouvelle édition mise à jour du livre passionnant et instructif où l'abbé MOREUX a fait la synthèse de tous les travaux modernes relatifs à l'habitation des planètes.

Louis WARNANT. — LES THÉORIES D'EINSTEIN. *Essai de Réfutation. Examen critique.* 1 vol. (6 fr.).

André LORULOT. — CRIME ET SOCIÉTÉ. *Essai de criminologie sociale.* Préface du Dr LEGRAIN et lettre du Dr DUBOIS (7 fr.)

Ce remarquable livre, analysé plus haut au chap. x, est une œuvre de vulgarisation de premier ordre.

Collection Payot.

Ces excellents petits ouvrages, d'un format commode et d'un prix modique, mettent à la portée de tous, par leur concision et la simplicité de leur terminologie, des questions philosophiques ou scientifiques d'intérêt général.

No 13. Émile BRÉHIER. — Histoire de la Philosophie allemande.

L'auteur dégage les traits essentiels marquant les grandes périodes de la philosophie allemande et parvient à résoudre cette gageure, d'exposer clairement, en quelques pages, le monisme.

No 18. Dr G. CONTENAU, *chargé de mission archéologique en Syrie*. — La civilisation Assyro-Babylonienne.

La civilisation assyro-babylonienne, raffinée, complète, mère de la civilisation gréco-latine, est une des plus anciennes qu'il soit donné d'étudier. Ce petit volume en donne une vue d'ensemble très intéressante et accessible à tous.

Nos 23-24, 2 vol. Maurice CROISET *de l'Institut*.—La civilisation hellénique.

Née avec la volonté d'une perfection constante de l'individu, la civilisation hellénique réalise un idéal de beauté plutôt que de puissance. L'ouvrage du distingué Administrateur du Collège de France expose l'activité grecque en ses multiples apparences.

Nos 25-26, 2. vol. Etienne GILSON. — La philosophie du moyen age.

L'œuvre maîtresse du moyen âge est la création de la scolastique, qui offre son développement le plus parfait dans le thomisme. Son histoire sera celle des rapports entre la raison et la foi. Tour à tour rationaliste, théologie positive, mystique, elle est la véritable introduction à la psychologie contemporaine issue de Descartes.

No 27. Ed. BRANLY, *de l'Institut*. — La Télégraphie sans fil.

A pour objet de faire connaître, sans études spéciales préalables, les faits physiques qui ont conduit à la réalisation et aux progrès surprenants de ce nouveau mode de communication.

No 28. Dr CAPITAN, *de l'Ac. de médecine*. — La préhistoire.

En un style simple et concret, l'auteur évoque l'évolution morphologique, la géologie et jusqu'à l'art magdalénien, et son ouvrage est une agréable promenade aux régions magiques de la préhistoire.

No 31. Albert GRENIER, *prof. d'antiquités nationales et rhénanes à la Fac. des Lettres de Strasbourg*. — Les Gaulois.

Tableau d'ensemble large et précis de l'histoire complète des Gaulois. Préhistoire de la Gaule et même de l'Europe centrale. Découvertes de l'Archéologie.

Chaque vol. relié (4 fr.).

Marcel HEGELBACHER, *Ingénieur civil*. — Les moteurs a explosion et les moteurs a combustion. 1 vol. 232 p. 97 fig. (8 fr.).

Destiné à documenter tous ceux qu'intéresse l'adaptation du moteur à explosion et du moteur à combustion à des applications industrielles et agricoles.

La Réception par téléphonie sans fil des Prévisions météorologiques et des Radios-concerts. 1 vol. in-8, 41 fig. (3 fr.).

Instruction pratique pour la construction et le moulage d'une poste récepteur à galène.

J. BRUN. — T. S. F. et téléphonie sans fil chez soi. 1 vol. 15,5 × 24, 48 p. nomb. dessins et graphiques dans le texte (3 fr. 50).

Tout ce qui intéresse l'amateur : postes de réception, postes de diffusion, fonctionnement, devis de postes d'amateur, etc.

Carlo TOCHÉ, *anc. offic. radiotél. au G. Q. G.* — La radiotéléphonie (V. ci-dessus, chap. IX).

XIV. OUVRAGES DE LUXE

DIDEROT. — Jacques le Fataliste et son maître. Préface de Georges Grappe. 120 aquarelles par Joseph Hémard, tiré à 520 exempl. sur vieux Jap., Jap. Imp., vélin glacé et vergé pur chiffon (600, 500, 400 et 300 fr.).

Charmante édition (de la maison Lapina) que l'humour et le coloris d'Hémard rendent précieuse. La reproduction des aquarelles au patron a été rarement réussie à ce point.

Xavier de MAISTRE. — Le Lépreux de la cité d'Aoste. 1 vol. in-16 col., grav.

sur bois par Carlègle, tiré à 330 ex. num. sur Jap. imp. et vélin d'Arches et (120, 65 et 35 fr.). (*Édit. Pichon*).

Kieffer.

Frédéric MISTRAL. — LE POÈME DU RHÔNE *en douze chants*. Texte provençal et traduction française par Mistral. Eaux-fortes orig. de M.-L. Moreau. 1 vol. tiré à 250 ex. avec 3,2 ou 1 état des Eaux-fortes (550, 400 et 300 fr.).

Honoré de BALZAC. — LE PÉCHÉ VÉNIEL. *Conte Drôlatique.* Vignettes en coul. de J. Hamman. 1 vol. tiré 590 ex. sur Jap., et vélin de cuve à (250, 150 et 90 fr.).

MOLIÈRE. — Le BOURGEOIS GENTIL-HOMME. Bois orig. en noir et coul. de Siméon. 1 vol. tiré à 600 ex. sur Jap. ancien et vélin à la forme (65 et 70 fr.).

La Banderole
Collection des Poètes maudits.

Charles BAUDELAIRE. — POÉSIES COMPLÈTES. 3 vol comprenant *Les Fleurs du mal, Les Épaves, Amenitates Belgicae,* les *Poésies Posthumes et diverses,* tiré à 570 ex. sur vieux Jap., holl. et Lafuma (385, 220 et 132 fr. les 3 vol.).

> Cette *Collection* comprendra les poésies complètes de *Arthur Rimbaud, Ch. Baudelaire, Jules Laforgue, Paul Verlaine, St. Mallarmé, Tristan Corbière, Henri Heine, Gérard de Nerval, Villiers de l'Isle-Adam, Edgar Poë* et sera publiée avant la fin de 1924.
> Déjà parues : ŒUVRES COMPLÈTES D'ARTHUR RIMBAUD.

Pierre LOTI. — PÊCHEUR D'ISLANDE. 1 vol. 6 × 21, 5, 8 eaux-fortes de Daragnès, tiré à 995 ex. num. sur vieux Jap., Jap. imp., holl. et papier de Rives (330, 220, 132 et 77 fr.).

Charles BAUDELAIRE. — LE SPLEEN A PARIS. 28 ill. de Louis Hervieu, nomb. culs-de-lampe. 1 vol. in-4 cour. de 240 p., tiré à 511 ex. sur vieux Jap., Hollande et vélin pur fil Lafuma à (300, 150 et 80 fr.).

Anatole FRANCE. — L'ILE DES PIN-GOUINS. Ill. de G. Ville. 3e vol. de la *Coll. des Livres d'art ornementés.* 1 vol. tiré à 1 000 ex. num. (70 fr.). (épuisé). (*Édit. La Connaissance*).

Les Maîtres du Livre.
(Crès).

Emile VERHAEREN. — LES FORCES TUMULTUEUSES. *Poèmes.* 1 portrait de l'auteur gravé par P. Gandon. (100e vol. de la Collection). 1 vol. 13 × 18, tiré à 1 955 ex. sur gr. vergé de Rives, vélin blanc de Rives, et vélin de Rives (44, 33 et 25 fr.).

CHAMFORT. — MAXIMES ET PENSÉES, suivies de *Dialogues philosophiques.* Texte revu sur l'édit. orig. et publ. avec notes et Index par Ad. Van Bever. 1 vol. 13 × 19, frontispice gravé par P. Baudier, tiré à 1 960 ex. num. sur gr. vergé de Rives, vélin bleu de Rives et vélin de Rives (38, 50, 33 et 27 fr. 50).

Théophile GAUTIER. — MADEMOISELLE DE MAUPIN. Texte de l'édit. de 1845. Front. gravé par Fernand Siméon. 2 vol. 19 × 13 tirés à 1955 ex. sur gr. vergé de Rives, vélin bleu de Rives, et vélin de Rives (66, 60 et 50 fr.).

Les Beaux Livres.
(Mornay)

Anatole FRANCE, *de l'Ac. Française.* — CRAINQUEBILLE, PUTOIS, RIQUET *et plusieurs autres Récits profitables.* 1 vol. tiré à 1000 ex. num. sur Jap. imp., Chine et pap. de Rives (2000, 198, 180 et 66 fr.). (épuisé)

Paraîtront en 1923 :

Anatole FRANCE : LE CRIME DE SYL-VESTRE BONNARD, ill. par F. Siméon (80 fr.). — Jules VALLÈS : L'INSURGÉ, ill. par Henri Barthélemy (50 fr.). — D'ANNUNZIO: LE TRIOMPHE DE LA MORT, ill. par S. Sauvage (70 fr.). — Anatole LE BRAZ : LE GARDIEN DU FEU, ill. par M. Méheut (65 fr.) — Oct. MIRBEAU : LE JARDIN DES SUP-PLICES, ill. par de Pidoll. (80 fr.).

Charles GUÉRIN. — L'HOMME INTÉ-RIEUR. 1901-1905. 1 vol. de la *Bibliothèque du Bibliophile* (Poètes), VIII, tiré à 1 000 ex. sur Chine, Japon et vélin de France, num. (60 et 25 fr.). (*Édit. Lardanchet*).

Maurice BARRÈS, *de l'Ac. Française.* — COLETTE BAUDOCHE. Nouv. édit. augmentée de quelques pages inédites. 1 vol. tiré à 1150 ex. num. sur Chine, Holl. et pap. pur fil Lafuma (50, 35 et 20 fr.). (*Édit. Plon*).

Louis BERTRAND. — PÉPÈTE ET BALTHAZAR. 1 vol. ill. par Emile Aubry, 360 p. in-4° couronné, 8 hors texte en coul. 16 bandeaux et culs-de-lampe, tiré à 1000 ex. num. sur Jap., papier d'Arches et Lafuma. (300, 350 et 150 fr.). (*Edit. Afrique Latine*).

Lucien DESCAVES. — PHILÉMON, VIEUX DE LA VIEILLE. 1 vol. in-8 de la *Bib. de l'Ac. Goncourt*. 1 portrait tiré à 1 640 ex. sur vélin pur fil Lafuma (33 fr.). (*Edit. Crès*).

Lucie COUTURIER. — SIGNAC. 1 vol. in-4, nomb. dessins, 44 reprod. Coll. *Cahiers d'aujourd'hui* (30 fr.). (*Edit. Crès*).

Claude ANET. — NOTES SUR L'AMOUR. Dessins originaux de P. Bonnard. 1 vol. in-4 carré sur alfa bouffant (25 fr.), 150 ex. min. sur Jap. imp., et papier d'Arches (165 et 110 fr.). (*Edit. Crès*).

Paul CLAUDEL. — VERLAINE. Poème. Édit. orig. 12 grav. sur bois par A. Lhote, 1 plaquette 44 p. in-4°, couv. 2 coul. tiré à 500 ex. num. (20 fr.) *Edit. Nouv. Rev. française*.

Abbé A.-F. PRÉVOST. — HISTOIRE DE MANON LESCAUT ET DU CHEVALIER DES GRIEUX. Préface de Marcel Prévost, de l'*Ac. Franç.* vol. in-4° écu vergé, 28 ill. de Ch. Atamian (*Edit. Flammarion*) (25 fr.).

Marcelle TINAYRE. — LA MAISON DU PÉCHÉ. 1 vol., 59 grav. sur bois de Renefer. 1 vol. 16 1/2 × 22, tiré à 1 100 ex. num. sur torchon d'Arches, et vélin teinté d'Arches (400, 250 et 88 fr.). (*Edit. Boutitie*).

CONTES DE PERRAULT. Préface d'Henri de Régnier, de l'*Ac. Franç.* 16 eaux-fortes orig. de Drian. 1 vol. tiré à 396 ex. sur Jap. anc., Jap. imp. et vélin d'Arches teinté (5 000, 2 500, 1 800, 1 200, 600 et 250 fr.). (*Edit. La Roseraie*).

XV. ENSEIGNEMENT ET LIVRES DE CLASSE

NOÉMIE REGARD. — DANS UNE PETITE ÉCOLE. 1 vol. (6 fr.).

Brèves causeries sur un ton familier, qui enseignent à de jeunes élèves à pratiquer les principes de la morale, maîtrise de soi, amour du travail, bonté, tolérance (Voir le chapitre : la meilleure religion), l'esprit de sacrifice, etc. Ce livre laïque, mais qui ne heurte aucune croyance religieuse, est d'une lecture charmante et rendra de vrais services à tout éducateur.

Edward MONTIER, *Lauréat de l'Acad. Française*. L'INTRODUCTION A LA VIE CONJUGALE *pour lire entre l'Education du Sentiment et la Vie Conjugale*. 1 vol. 130 p. (3 fr.).

Ouvrage d'éducation sexuelle, empreint d'idéalisme moral et religieux, écrit avec une large compréhension des aspirations de la vie.

J. CHAULIAT, *prof. d'anglais au Lycée de Clermont-Ferrand*. — L'ANGLAIS COMMERCIAL 1 vol. in-8 (7 fr. 50).

Méthode facile et pratique pour acquérir seul et très rapidement la connaissance de la langue anglaise. Précédent volume : *L'anglais usuel* (7 fr. 50).

Louis CHAFFURIN, agrégé de l'Université, prof. au Lycée Condorcet. — NOUVELLE GRAMMAIRE ANGLAISE *à l'usage des Francais*. 1 vol., 100 p., cart. (7 fr.).

Analyse du mécanisme de la grammaire anglaise, étude méthodique des difficultés qui s'offrent aux traducteurs. S'adresse spécialement aux jeunes gens.

XVI. OUVRAGES POUR LA JEUNESSE

James JAQUET. — ROSALBA et autres contes (Les Contes d'un grand papa). 1 vol. cartonné avec 56 composit. d'Hérorouard (20 fr.) ou avec 20 composition (7 fr.).

Illustré d'ombres chinoises de la plus délicate fantaisie, c'est un des plus jolis livres pour enfants qui ait paru depuis longtemps. Très recommandé.

ALMANACH PAYOT 1923. 1 vol. 10 × 14, relié toile (4 fr. 50).

Excellent petit agenda de poche pour la jeunesse; renseignements pratiques, actualités scientifiques, artistiques, etc.; nombreuses illustrations, concours. Volume amusant et instructif.

LE PATER. *L'Oraison dominicale illustrée.* Texte de Jacques Morian. Ill. en coul. de H. Grand-Aigle. 1 vol. in-8 couv. art 8 pl. coul. broché (6 fr.). Relié demi-parchemin (11 fr.).

Texte à la fois simple et éloquent où le grand écrivain catholique explique aux enfants le sens du *Pater.*

Jacqueline ANDRÉ. — LES MALHEURS DE PIERROT. 1 vol. in-8, ill. cart. (6 fr.).

BÉCASSINE NOURRICE. 1 alb. illustré cart. (10 fr.).

Alice PUJO. — ROSE PERRIN. 1 vol. (2 fr. 50).

L. DESCOUR. *Méd. Inspecteur de l'armée.* — PASTEUR, *L'Homme et l'œuvre, racontés à nos Enfants.* 1 vol. (3 fr. 50).

L'auteur expose dans une langue accessible aux enfants l'œuvre magnifique de Pasteur, dont tous les jours nous ressentons les bienfaits.

Louis LUMET. — PASTEUR. *Sa vie. Son œuvre.* 1 vol. in-8, 121 grav. (10 fr.) relié (15 fr.).

Dans ce livre, les jeunes gens assistent au développement progressif de ce grand génie et peuvent comprendre les théories microbiennes de Pasteur, ses expériences, et celles de ses successeurs.

MIRAL-VIGER. —L'ANNEAU DE FEU 1 vol. ill. relié (28 fr.).

Roman d'aventures scientifiques. Expédition vers Saturne. Arrêt dans la planète et arrivée dans l'*Anneau de Feu*

Bibliothèque de Suzette.

A. AMESTOY. — LE LÉZARD BLEU. M. GONDAREAU. — LE MYSTÈRE DU CHATEAU D'APRE-BISE. NALINE. — JOSET LE BRACONNIER. Chaque vol. (broché 3 fr. 50, rel. toile 5 fr. 50).

Bibliothèque de ma fille.

Mathilde AIGUEPERSE. — MAIN D'ENFANT.

C'est la main de Rosine qui, à travers une intrigue émouvante, conduit au bonheur celui qui l'a sauvée.

M. LE MIÈRE. — LES COUSINS DE LA MOYNERIE.

Deux types d'avares, en proie à de violents mais tardifs remords, une petite cousine charmante qui par son influence les conduit sur le chemin du devoir. Intéressants caractères et mœurs rustiques.

M. MARYAN. — PETITE REINE.

Histoire d'une petite fille d'origine modeste richement élevée et dotée, qui souffre de la médiocrité de son entourage, et que la réalité éclaire enfin.

NALINE. — LE ROMAN DE DON QUICHOTTE.

Don Quichotte lui même, sa générosité; les péripéties de sa vie d'aventures.

(Chaque vol. broché 6 fr., relié toile bleue 8 fr. 75).

Collection Familia.

Raoul de NAVERY. — LA FOI JURÉE.

De jolis et paisibles travaux d'intérieur, puis toute une série d'aventures et d'angoissantes péripéties. Livre animé et coloré.

M. MARYAN. — UN LEGS.

Une promesse faite à un mourant; une promesse antérieure faite à un vivant. Cruelle hésitation d'une âme simple et forte qui veut faire son devoir et se sacrifie.

Pierre PERRAULT. — LA LETTRE DE CLARY. SAINT-MARTIN. — ROUGET LE BRACONNIER.

Chaque vol. cart. demi toile (3 fr. 50).

Le Gérant : JEANNE DELAMAIN.

Henry à la Pensée

3 et 5, Faubourg Saint-Honoré

PARIS

N° 9. Costume laine. Tricot métier.

2 ans. . . . . 65 fr.
4 ans. . . . . 70 fr.
6 ans. . . . . 75 fr.

N° 11. Robe laine. Tricot métier, dessin soie blanche en relief, en 0 m. 40. . . . . 70 fr.

5 fr. de plus par 5 c., jusqu'à 65 c.

Demander le catalogue S contenant plus de 800 gravures et envoyé franco.